DO TEU FANTASMA VEJO SÓ O CORAÇÃO

THIAGO SOUZA DE SOUZA

Do teu fantasma vejo só o coração

Companhia Das Letras

Grafia atualizada segundo o Acordo Ortográfico da Língua Portuguesa de 1990, que entrou em vigor no Brasil em 2009.

Capa
Violaine Cadinot

Imagem de capa
O banquete, 2022, óleo sobre linho de Daniel Lannes, 140 × 200 cm.

Ilustração de miolo (p. 23)
Gabriela Daher Souza

Preparação
Marina Saraiva

Revisão
Huendel Viana
Natália Mori

Os personagens e as situações desta obra são reais apenas no universo da ficção; não se referem a pessoas e fatos concretos, e não emitem opinião sobre eles.

Dados Internacionais de Catalogação na Publicação (CIP)
(Câmara Brasileira do Livro, SP, Brasil)

Souza, Thiago Souza de
Do teu fantasma vejo só o coração / Thiago Souza de Souza — 1ª ed. — São Paulo : Companhia das Letras, 2025.

ISBN 978-85-359-4095-4

1. Ficção brasileira I. Título.

25-278526 CDD-B869.3

Índice para catálogo sistemático:
1. Ficção : Literatura brasileira B869.3

Cibele Maria Dias — Bibliotecária — CRB-8/9427

EDITORA SCHWARCZ S.A.
Rua Bandeira Paulista, 702, cj. 32
04532-002 — São Paulo — SP
Telefone: (11) 3707-3500
www.companhiadasletras.com.br
www.blogdacompanhia.com.br
facebook.com/companhiadasletras
instagram.com/companhiadasletras
x.com/cialetras

Em memória do meu tio Sandro e da
minha tia Isolda, para não esquecê-los.

Para minhas sobrinhas, Joana e Marina,
para que se lembrem.

O tempo é uma ilusão, falei, e pensei em gente que havia muito eu não via, inclusive gente que eu nunca tinha visto.

Roberto Bolaño, *Os detetives selvagens*

A PARTE DE FANTA

O.

O culto vai começar, o Pastor avisou.

Ele havia dado duas batidinhas e empurrado a porta do bangalô onde Fanta e o tio descansavam, cada um esticado em uma cama, quietos, à espera. Ela não tirava os olhos do teto e sabia que Eski fazia a mesma coisa, como se espiassem algo valioso pelo mesmo buraco de fechadura. Os dois ocupavam o silêncio de forma tão proporcional. Um tipo de comunhão. Ela sentia como ele estava a um pensamento de distância. *Está tremendo de medo*, Fanta pensou.

O Pastor informou que iria apresentá-los à Comunidade Terapêutica do Reino antes de o culto começar, com os louvores. Hoje não pregaria. Durante o tempo reservado para a Palavra, um dos residentes daria o testemunho sobre a estadia no Reino, sua cura, sua vitória, seu quinhão de prosperidade.

A residente, o Pastor se corrigiu. Uma mulher. Está conosco há um ano e, agora, no culto de hoje, será abençoada como nossa Obreira. Aceitou o chamado para ser instrumento de Deus e dar seu tempo e suor para que essa nação venha se dobrar aos pés d'Ele.

* * *

Está aqui mas não ainda.

O Pastor havia dito isso ao dar as boas-vindas.

Mais tarde, assim que puderam ficar sozinhos para descansar, deixados em paz, Fanta ouviu Eski cochichar para ela que essa era uma definição esquisita, Fanta não achava?, tão ambígua que nem merecia ser chamada de definição. Era o avesso do caráter da coisa.

Em todo caso, o tio agradeceu e apertou a mão do homem.

Sou o Pastor do Reino, ele falou.

Eski, o tio respondeu.

Eski?, o Pastor disse.

Aham.

Certo. Pode me chamar de Pastor. Mas meu nome é—

O meu é Eski.

Para chegar no Reino os dois pegaram um ônibus até Ibiraquera. Quando desembarcaram, o Ministro da Caridade da igreja de Fanta esperava por eles apoiado num Fusca, a porta aberta. Ele já havia passado pelo Reino. Enquanto falava, mordiscava um palito, jogando de um canto a outro da boca. Um gesto — Fanta vai entender quando for adulta — sem nenhuma função ou importância, repetido apenas para substituir outro, esse sim carregado de função e importância. Talvez ele tenha se barbeado naquela manhã, porque a cara estava salpicada de sangue coagulado e porque recendia a loção pós-barba. Não podia ser álcool.

Explicou que o Reino ficava no alto de um morro — de lá, era possível ver a praia da Barra, um bom pedaço da Lagoa, a ponta do estaleiro e, quando anoitecia, o farol de Laguna. O terreno, enorme, havia sido doado por um ex-surfista da região, um cara que jogou a carreira profissional fora porque o pó era foda.

Um ex-dependente químico, disse o Ministro, repetindo o *ex*, e não dava para saber se estava se referindo à condição de surfista, à de dependente químico, ou, quem sabe, às duas.

Havia os bangalôs, onde os residentes dormiam; havia a igreja, a cozinha comunitária, o campo de futebol, a piscina, uma trilha particular para a praia.

Ninguém sai daqui como entrou, disse.

Assim que desligou o motor do carro, virou-se para o banco de trás e, antes de deixar Fanta e o tio descerem, propôs:

Vamos orar?

Não era para ser assim. Não era o que tinham acordado.

Fanta e o tio viajaram a Santa Catarina para conhecer o Reino. Ela disse que faria apenas um pedido a ele: que fosse até lá com ela para conhecerem o lugar.

Faz isso por mim.

Ele lhe disse que tudo bem, só porque era ela quem estava pedindo. Por ela, e mais ninguém. Se fosse outra pessoa, não.

Igreja não, ele tinha dito no hospital, durante a última internação; ou tudo, menos igreja; talvez nem uma coisa nem outra, mas algo que expressasse uma *e* outra, seu cansaço em pedir ajuda aos amigos de Jesus.

A mágica: Fanta desapareceu, para surpresa de Eski, não do Pastor, e a visita foi aos poucos assumindo sua outra face. Eles dormiriam lá, sim, a viagem era longa para fazer um bate-volta. Fanta desejou, anos mais tarde, quando fez o Retiro no Reino, que o tio tivesse pressentido o que aconteceria no dia seguinte, quando ele acordou e ela não estava mais em parte alguma daquele lugar. Será que a teria impedido?

Então ele deve ter entendido no exato instante em que aconteceu — tarde demais —, como Fanta. A sobrinha havia desaparecido, e o que era para ser uma visita se transformou em outra coisa, algo que ele teria de encarar sem ela: a internação compulsória no Reino.

A mágica, Fanta pensou. No ônibus, a caminho de Porto Alegre, ela ia imaginando a cara que o tio fez ao entender. Ela não viu, mas não vai esquecer.

Na habitual parada em Sombrio, enjoada, Fanta desceu do ônibus e procurou uma farmácia. Comprou Dramin, tomou dois comprimidos, quis errar o ônibus de propósito e parar em qualquer outra cidade. Não perguntaria a ninguém para onde estavam indo. Quis comprar uma cerveja e tomar mais dois comprimidos e procurar um orelhão para ligar para Eski e mentir que tinha ido resolver umas coisas e logo estaria de volta. Não quis entrar no mesmo ônibus que era o ônibus da sua história, mas entrou mesmo assim.

Acomodou a cabeça na janela torcendo para que os minúsculos impactos da sua testa no vidro atrapalhassem seus pensamentos. O enjoo, em vez de ir embora, se instalou de vez e piorou, e ela notou o suor brotando nas têmporas e a respiração ficando mais curta e rápida. Sentiu que as outras pessoas do ônibus conseguiam reconhecer seu medo.

Foi ao banheiro no primeiro andar do ônibus jogar água na cara e quando levantou a cabeça da pia não sabia mais quantos minutos, ou quantas horas, tinham se passado com ela trancada ali naquele cubículo em meio à BR-101. Abriu a porta e voltou ao seu assento desconfiando que todos a perseguiam, sorrateiros, com olhares.

Fanta se viu levantando-se outra vez e pedindo ao motorista por favor parar o ônibus agora. Ela desceria, não importa se estavam nesse trecho escuro e remoto de uma rodovia eternamente em obras, cheia de atalhos. Mas não. Em vez disso, fechou os olhos e orou. Quando os abriu de novo, as árvores do outro lado da janela eram monstros que se contorciam em sofrimento. Decidiu fechar os olhos mais uma vez e só voltar a abri-los quando o ônibus estacionasse em Porto Alegre e o motorista avisasse que eles tinham chegado.

E por que se recordaria disso agora, na caverna das lembranças que acreditava perdidas?

Mas Fanta se lembrou de um dia em que estava deitada no sofá da sala, assistindo à reprise de uma novela sob um ventilador de teto que parecia descarregar nela um espírito obsessor, quando um pitbull preto entrou correndo pela porta. Escorria uma calda como açúcar caramelizado da boca do animal, que parecia se afogar. Uma gota vermelha pingou no piso, e Fanta e o cão olharam ao mesmo tempo para baixo e depois voltaram a se encarar, como se estudassem o que viria a seguir, quais movimentos de ataque ou de fuga seriam possíveis, até que o pitbull voltou a baixar a cabeça e lambeu a gota de sangue do chão para depois sair caminhando, sem dirigir mais a atenção à menina no sofá.

Fanta era uma menina. Ela estava na casa da avó.

Naquela noite, menstruou pela primeira vez.

No dia seguinte, domingo, permitiram que Eski ligasse para ela.

Me deixaram fazer uma ligação, ele disse no telefone, depois do culto. Eu só posso fazer uma ligação e também só tenho uma pessoa pra quem ligar, mas não queria falar contigo. Liguei uma vez e tu não atendeu, então me deixaram tentar de novo vinte minutos depois. Não queria ficar uma semana sem falar com mais ninguém além dessas pessoas que estão aqui comigo.

Ela pensou em dizer que ficava feliz por ele ter insistido, mas era mentira, e não disse. Completou explicando que não atendeu porque estava na igreja.

Por quê?

Porque domingo eu sempre vou no culto, tu sabe.

O que tô perguntando é por que tu não me disse que ia me deixar aqui. Por que tu não me perguntou. O que eu queria.

Eu me dei conta tarde demais, Fanta disse. Ela se sentia traída e estava muito triste porque o tio também se sentia traído — e por ela, o que aumentava a tristeza tanto de um como do outro, quase simetricamente, como se fosse possível, porque era assim que Fanta se sentia em relação ao tio. A acordaram cedo no sábado, ainda era noite, e disseram que ele, Eski, havia gostado do Reino, seria muito bem acolhido ali. A experiência deles apontava que a despedida é um momento delicado, o residente pode recuar no último instante, querer ir embora, ou ficar remoendo essa possibilidade nos dias seguintes, prejudicando a adaptação à rotina e às responsabilidades na Comunidade; o Senhor já teria acalmado seu coração antes mesmo que ela estivesse de volta em casa.

Do outro lado da linha, silêncio. Fanta quase perguntou que cara ele fez.

Os pesadelos que tinha por essa época terminavam com uma calma que contradizia o espectro do sonho ruim que produzia essa calma. Em alguns desses sonhos ela estava grávida, mas era como se não quisesse estar. Em outros, precisava salvar um bebê desconhecido que intuía ser seu mas torcia para que não fosse.

Fanta acordava com a lembrança do terror na cabeça, seu corpo meio dizendo que, enquanto dormia, ela havia feito as pazes com o medo e a realidade.

O coração era disputado e ficava entre uma coisa e outra.

Era como ter de se entregar à tristeza quando não restava mais nada a fazer e não havia tempo para recuar ou desfazer o que já estava feito — mas não era bem tristeza, era mais um remorso por aquilo que podia ser de outro jeito. Tudo pode, ou poderia, acabar de outro jeito. Mas era tarde, e por isso a calma.

Foi nisso que ela pensou em vez de perguntar a Eski que cara ele fez.

O que tu achou?, Fanta disse. Acha que consegue ficar?

Confuso, amplo e contraditório, como fazer planos em um mundo que está lentamente discordando da vida que gira em cima dele e com ele. Era assim que Eski classificaria o Reino, se alguém estivesse interessado em respostas não protocolares. Fanta estava e não estava. As duas coisas.

O Reino está aqui, mas não ainda, ele disse.

Oi?

É, acho que gostei.

Ela acreditou do modo como alguém acredita em qualquer coisa só para não deixar o outro mais assustado, porque, se disséssemos a verdade — também estamos muito assustados —, ficaria impossível continuar.

Quis voltar. Vai ficar tanto tempo sem notícia de Eski, porque domingo que vem o tio não vai ligar. Fanta vai insistir, e a mãe dela vai dizer que ligou, que está tudo bem, que a gente está fazendo o que é melhor para ele, que agora o melhor para ele é ficar longe dela e da família, longe de qualquer pessoa ou situação que possa ser motivo para ele beber, longe da vida dele, perto de pessoas boas, perto do coração de Deus, onde encontraria enfim a força de vontade para abrir mão do vício e a parte que falta para preencher de uma vez por todas aquele vazio que faz dele servo da bebida e das paixões do mundo.

* * *

Havia mais coisas na caverna.

Guriazinha, Fanta ficava horas perdida em frente à televisão, depois de suplicar ao pai para assistir mais uma vez ao Filme, como ela chamava o vídeo do seu nascimento.

Como será que o mundo era sem mim?, se perguntava, encantada com a premissa de que antes de ela existir todas as pessoas que ela conhecia viveram a vida delas e que agora a vida de cada uma por algum motivo as levou até aquele momento específico em que ela passaria a existir aqui, neste mesmo mundo tão velho, tão cheio de motivos que produzem bebês tentando se acostumar com tanta luz enquanto adultos os observam pensando— no quê? Em como tinham ido parar ali? Em que lugar ela, Fanta, estaria daqui a nove ou vinte e seis anos? Ela estava pensando ou falando para ninguém?

Certa noite, pediu para assistir ao Filme antes de dormir, e só percebeu a presença do pai na sala minutos depois de deixá-la sozinha com o Filme, quando ele o chamou pelo nome e disse:

O quê?

Ela o encarou, e ele saiu, deixando-a sozinha de novo.

Isso nem existe, Fanta havia dito. Não, ela não chegou a dizer, embora pensasse em dizer, porque é o que faz quando está conversando consigo mesma, e pensar em dizer é o mesmo que dizer, as duas coisas têm o mesmo peso, e é por isso que esse é o tipo de conversa que ela mais gosta de ter. Um dia vai conhecer alguém igual a ela, e justamente por serem iguais a conversa entre os dois será como a colisão de dois planetas num pêndulo: se aproximar e depois se afastar.

Fanta apertou outra vez o botão das setinhas para trás, e as imagens se voltaram contra si mesmas, refazendo todos os movimentos ao contrário, aceleradas, e então pensou, que é como ela diz, *Isso nem existe*, e depois ela disse, que é como ela pensa:

Já acabou.

Considerando que o tempo existe *mesmo* para as outras pessoas — como todos parecem acreditar, compondo-o como a moldura de suas vidas —, o que é que se faz para sair dele? Se entra pela vida e se escapa dele pela morte, é assim? Será que não tem outro jeito?

Passa tão rápido.

Para a frente.

É por isso que Fanta vai gostar de cinema e fazer dele o espaço íntimo para sua viagem ao passado e ao futuro: vai ordená-la como um filme. De terror? De *sacrifício*. Para ela tudo já aconteceu e está acontecendo. Dizem que o filho de Deus é o Verbo, dizem que precisamos aceitá-lo, e ela vai brincar que ninguém pode convertê-la em alguém que aceita as conjugações desse Verbo.

Não foi a igreja que a preparou para ser líder? Ela não foi treinada para estar à frente d'Os Eleitos?

Para trás.

Ela está nascendo neste momento, no mesmo momento em que alguém pode estar lendo estas linhas e pensando no nascimento como o começo de sua própria história, uma câmera trêmula na mão de um genitor inundado por neurotransmissores ainda tão apegados a este momento, a espécie que continua e que vai continuar.

O primeiro filminho da vida de Fanta também começa assim, uma gravação com números sobre o tempo espalhados pelas bordas da tela que ela vai rever tantas vezes que perderá a conta, com a inquietante sensação de que algo naquelas imagens é que a faziam reconhecer o que é uma sensação.

Apertar os botões do videocassete para avançar e depois retroceder — dá para dizer que Fanta preferiu, desde o início, retroceder. Agora ela está exposta para algumas pessoas que a olham sorrindo por trás de um vidro, abrindo e fechando a boca com expressões que, se ela não conhecesse o Filme, diria que eram mais de medo do que de outra coisa. Mas como está sendo vista pela primeira vez por essas pessoas, Fanta suspeita que eles a olham e nela enxergam um futuro do qual preferiam se manter à parte.

Há um corte, a perspectiva muda.

A câmera agora está lá, junto dessas pessoas, e o som captado ali fora é o som de perguntas, as frases que terminam com um ponto de preocupação. O pai dela é quem está filmando, e ele responde que sim, sim, e busca a imagem de um homem quieto, sentado à parte do bolinho de gente que faz perguntas, segurando na mão um grosso livro de capa de couro marrom. É a Bíblia, separada de Fanta apenas alguns metros e por uma vitrine que a expõe ao mundo pela primeira vez. A luz branca do hospital escurece de repente, como se Deus desse duas longas piscadas, deixando a Criação no breu, e depois se estabiliza, provocando a suspensão das conversas. A câmera capta algumas cabeças olhando para cima, com expressões de que receberam respostas infelizes, respostas que não estavam preparadas para ouvir.

O pai se aproxima desse homem, que encara a câmera e sorri, e esse sorriso dá a entender que ele ignora alguma coisa que não faz nenhuma questão de conhecer (Fanta vai dedicar algum tempo para chegar a essa conclusão). Um arrepio atravessou a Fanta criança que assistia ao Filme, e ela especulou se o hospital não parece uma locação, um espaço inventado para que o Filme pudesse ser rodado. O homem então pergunta para o pai, a voz saída de qualquer lugar menos da boca dele, que se abre e se fecha em descompasso com a imagem:

Posso orar por ela?

Quando a câmera aponta para o chão, antes de a tela escurecer, registra a imagem de um jovem de boné azul com o logotipo de um banco e a barba preenchendo todo o seu rosto, como se fosse a barba de um homem retirado à força da caverna em que mora, sozinho, conversando com os peixes que assa espetados em galhos sobre uma fogueira que jamais se apaga. Só que ele é apenas um jovem, os olhos são olhos de um jovem, transmitem expectativa do tipo que Fanta vai ver nos olhos dos jovens que vai liderar um dia. Os olhos dele também declaram outra coisa, que Fanta só vai conseguir reconhecer quando os encarar pessoalmente: uma introspecção que fala, e fala que ele não pode ser amado pelo que é e nem pode ser amado por quem ele não consegue ser.

Agora que a imagem volta, o homem com a Bíblia está caminhando até o vidro que separa os recém-nascidos do mundo. A câmera o acompanha por trás, por cima do ombro esquerdo, e é ali que Fanta em seu formato bebê aparece, ocupando seu espaço dentro da incubadora. Ocupando seu espaço de protagonista no Filme. Não está chorando. Ela pisca muitas vezes, e para de piscar quando o homem estende a mão e a encosta no vidro. O pai dá zoom em Fanta, ela está tentando respirar, respirar como o cão de sua adolescência um dia vai respirar, o que desperta agonia em quem assiste, depois a imagem dela vai diminuindo, até a câmera se movimentar para o rosto do Pastor, o rosto de quem está ignorando ainda aquela coisa, dizendo:

É em nome do Pai, do Filho e do Espírito Santo que oramos pela vida dela, apresentando ela a ti, Jesus, e dando as boas-vindas. Bem-vinda, Fanta.

Ela gostava de voltar o filme até entrar outra vez na mãe dela.

Fanta tinha treze anos e fingia dormir no banco do carona de um carro alugado quando perguntou para o tio o que é que ele sentia quando estava bebendo. Ou talvez ela tenha perguntado como era estar bêbado. Ou: por que ele bebia. Ou, ainda, quando começou a beber. Dá na mesma. Ele deu uma resposta que ela também não lembrava, e dá na mesma. (Ela acha que não lembra porque essa foi uma conversa até certo ponto no escuro, e Fanta tem dificuldades para acessar memórias sem imagens.) O que lembrava é de ter confessado para ele que tinha percebido que ninguém queria entendê-lo de verdade, e ela queria.

Eski disse que a bebida era o jeito de ele entender os outros e a si mesmo. Mas depois se corrigiu e disse para Fanta o que, agora sim, ela lembrava com todas as letras:

A mágica é a seguinte, ele disse, não tem como entender de verdade e por completo outra pessoa, só que tentar é a coisa mais importante que existe.

Tenta lembrar, o tio disse. Do começo. De algo importante pra ti. Que aconteceu contigo. Que faz tu amar ou odiar a tua vida.

Ela nunca havia parado para pensar nisso. Nunca havia tentado. O dia em que ela se batizou? Não, isso não vale, começou antes. Quando aceitou Jesus em seu coração? Não. Aliás, ela havia feito isso? Quando? Sua vontade de ser mãe?

Não dá, Fanta disse.

Quando eu comecei a beber, Eski continuou. O dia e o lugar. Ou a primeira vez que fiquei bêbado. Que caí. Não consegui chegar em casa sozinho. Quando gostei do que passava pela minha cabeça nesses momentos, imaginando a pessoa que eu podia ser.

Eu não devia ter perguntado, Fanta conseguiu dizer.

Acho que ninguém se dá conta, é o que quero dizer. E então está lá. Aconteceu. Ninguém reparou. A coisa mais solitária do mundo é um começo, Fanta.

2.

Fanta leu outra vez o começo do poema:

Mas de algum modo a viagem já havia terminado
Quando a iniciamos

Reconheceu o risco irregular — às vezes passando por cima de palavras inteiras, como as ondinhas na Piscina Lunar depois que ela dava um tapa na água, os olhos do Filho na altura delas, pedindo mais — que o tio fazia para sublinhar. Havia marcado apenas esses dois versos, mas desenhou uma estrela ao lado do verso seguinte, que ela não pôde ler porque estava totalmente coberto com caneta preta:

Ela largou o livro ainda aberto sobre o peito. Pensou em escrever para o Filho, mas agora pensar e dizer, quando o destinatário dos seus pensamentos ou de suas palavras era o Filho, não podia mais ser a mesma coisa.

Para o inferno com isso, disse em voz alta, sozinha, esperando conhecer o som de uma voz humana dentro daquela casa. Resignou-se em resumir o que estava decidindo ali, naquele instante, na expectativa de que seu resumo a impedisse de voltar atrás, de se arrepender, e digitou no celular uma mensagem para o Filho:

Vou me mudar. Uma cabana. Eu é que vou construir. Acho que não quero dizer em que cidade, embora já esteja entregando que não é nesta onde a gente vive e que, como tu diz, vai nos cozinhar.

Tocou na setinha para enviar e depois escondeu o aparelho debaixo da almofada.

Estava deitada no sofá, uma ilha bem no meio da casinha de madeira. Dali, se esticasse e girasse o pescoço, teria uma panorâmica completa do lugar em que o tio vivia. Tinha chegado no meio da tarde. Nunca havia entrado nela antes, nas visitas que fazia o tio a mantinha longe de casa. Convidava Fanta para um passeio pela praia enquanto comiam bergamotas, conversando. Uma espécie de condição que ele impunha para aceitar as visitas.

Foi comunicada da morte pelo funcionário do banheiro público da prainha do Lami, que ligou para ela naquela manhã. Ele havia encontrado o corpo de Eski no pequeno barco artesanal, navegando perdido perto da beira. Disse a Fanta que suspeitava que o tio passara a noite embalado por aquela estranha porção de água, sobre a qual nem os biólogos chegavam a um consenso — se tratava de um lago ou de um rio, ou de um caso único em que era ambas as coisas? —, morto desde o dia anterior.

E por que o senhor suspeita disso?

Porque, desculpa, mas é melhor que a senhora saiba, alguma coisa pegou no olho dele, o funcionário tinha dito. Pareciam meio comidos, ou furados. Tinha uns machucadinhos no rosto também. Bicadas de ave, é o que acho. Uma coruja. Um animal da noite. Mas a expressão dele era de paz. O coração, a senhora sabe—

Como o senhor me achou?

O seu número tava anotado num papel preso na porta da geladeira. Não tinha nome nem nada mas só podia ser o seu. Ele nunca me falou de mais ninguém da família. Da senhora ele falava.

Voltou ao livro porque queria dar uma espiada na foto do autor, e antes de olhar demoradamente para a imagem, teve tempo de ler a breve biografia que a acompanhava. Era a de um latino-americano congelado com cara de espanto, levando um cigarro à boca, os olhos pareciam — confessar?, sim, confessar alguma coisa, ou chamar alguém a se confessar com ele. Fanta o descreveria, se precisasse fazê-lo, como um homem que viu o que não queria ter visto e que todos os dias rezava para esquecer. Teve um pressentimento de que ele fumava aquele cigarro vindo de outros tempos.

Como o tio dela.

Tirou o computador da mochila, roteou a internet do celular e deu um Google com os versos sublinhados mais o nome do autor. Encontrou o poema inteiro, longuíssimo, e procurou de pronto o verso rasurado, ali no comecinho de tudo. Um dia vai levar todos os livros desse carinha para a cabana, carregando uma mala com eles e com os da Hilda, sua biblioteca particular, só os livros de que realmente vai precisar, os que ela vai querer perto.

Seria bom se ela voltasse a ler como antes. Depois do diagnóstico do Filho, implicara com os livros, estava farta deles. Eles a irritavam — o Filho, os livros —, de tanto ver o Filho andar de um lado para outro com eles debaixo do braço, como se arrastasse um urso de pelúcia que ela bem que gostaria de ver com ele, em vez dos livros. Ouvia-o lendo e a voz que ele fazia a atordoava. Imagine a entonação robótica de uma inteligência artificial. Havia uma perversidade no nome daquele transtorno. Era mais um apelido — síndrome da leitura precoce —, mas podiam ter escolhido outro. Não fazia tanta diferença, porque o transtorno não havia sido oficialmente colado ao Filho, mas ainda assim. Ainda assim, mas.

Não precisava mais se ocupar disso. Podia separar alguns dos livros do tio para levar com ela na mudança. A culpa nem era deles.

Fanta foi advertida de que o nome para a capacidade do Filho de repetir as palavras que lia e ouvia era *ecolalia*: ele não estava lendo, assim, como se fizesse algo com todas aquelas palavras com o seu cérebro imperfeito.

Será que levava esse livro com o poema riscado? Melhor escolher outros. Mas esse também. Talvez ele guardasse alguma coisa sobre como construir sua própria casa, uma vez que foi o que fez com essa aqui, onde morou até ontem.

Sem escovar os dentes, Fanta emendou duas canecas de café sentada na área da frente, de cara para o rio, fumando sem parar, acordando aos poucos. Ela não era uma fumante regular, comprou a carteira a caminho dali, ontem, quando pensou que os cigarros poderiam ser a companhia possível e uma forma de estar com o tio, ainda uma última vez, na casa em que nunca havia podido estar.

Dado o último gole, foi procurar o celular. Estava debaixo do sofá. Ligou o aparelho e esperou a enxurrada de notificações.

Não saberia dizer se as mensagens que vinha recebendo estavam diminuindo. Fanta tinha lido até certo ponto, depois parou de acompanhar. Não clicou em nenhuma. Em vez disso, abriu o aplicativo do Instagram determinada a excluir sua conta. Antes de chegar nas configurações, porém, foi fisgada pelo perfil do Filho, o halo emoldurando a foto dele informava que havia postado um story. Talvez ele quisesse enviar um recado. Fanta achava que ele ocultava dela suas publicações. Teria sido melhor assim. Não ver. Mas ela não se conteve, dá para dizer que ela não aprendeu até hoje a se conter. Visualizou o story dele e depois voltou e o viu de novo e de novo, até se surpreender com o fato de que seus dados móveis estavam trabalhando naquele fim de mundo.

Abriu de novo a conversa com o Filho e dessa vez enviou um áudio:

Escuta, depois eu te explico melhor sobre a mudança — se é que isso te interessa, não sei. Mas pelo menos aparece no enterro. Não por mim. Ele gostava de ti, tu sabe.

Pensei em usar um modelo ecológico, mas não vou ter paciência pra ver minha própria merda adubar a Terra, e na verdade eu não me importo mais nem com adubo nem com a Terra, Fanta disse. Ela estava contando ao Filho seus planos para a construção do banheiro. Começava a admitir a ideia de contratar a ajuda de um profissional para o serviço. A cabana, no entanto, ela própria construiria — não queria ouvir qualquer palavra em protesto.

A cerimônia, simples, tinha chegado ao fim, ainda que ela sentisse no corpo uma expectativa como se estivessem aguardando que começasse. Alguma coisa dizia que o Filho tinha a mesma sensação.

Dei uma boa pesquisada, sei que consigo fazer, ela disse.

Ele parecia incrédulo, então ela cedeu e continuou a oferecer explicações.

Ventava muito, e um pássaro boiava no Guaíba, seu pescoço era um pedaço de tronco qualquer, e ela o imaginou como o mastro de um barquinho como os que o Filho gostava de montar para levar até a Piscina Lunar. Ficava horas entretido com a tarefa, desligado de todo o resto, e Fanta, nesses momentos, tinha a dimensão do quanto ele era inacessível.

Tem coisas sobre as quais a gente não fala mas também não esquece, Fanta disse. Ou quem sabe se a gente falasse, esqueceria, e não falando é uma forma de guardar. Meu tio às vezes dizia que a coisa mais solitária do mundo é um começo. Havia alguma coisa de estranho nele, além dos problemas que todos conheciam, não sei — nunca consegui expressar isso muito bem —, era como se ele ouvisse uma música pela primeira vez e soubesse cantar toda a letra, uma vida interior que só às vezes não conseguia conter e aí outros podiam ver, ainda que só um pouquinho. Ele saía com uma dessas e deixava a gente pensando por um bom tempo. Não dava conselhos... sei lá, práticos. Só tinha um jeito de absorver as coisas, e às vezes, eu percebia, tentava comunicar isso. Eram esquisitas essas tentativas. Dava pra ver um brilhinho no olho dele e ao mesmo tempo a gente achava aquilo triste.

Eu conheci ele, mãe.

Conheceu. Mas— tu sabe.

Eu sei, desculpa.

Acho que eu estava tentando dizer que quero fazer isso sozinha. Não preciso repetir o quanto estou até aqui com toda essa merda em que me meti. Nem te lembrar de como eu e tu tivemos os nossos problemas que— tu também sabe. Agora vou morar lá, está decidido, e não estou pedindo que tu aceite. Nem que vá me visitar.

Lá é exatamente onde? Não vai me dizer?

Não.

Ele assentiu.

Fanta não queria. Fez de novo. É por isso que precisava ir.

Ela era uma diretora de cinema reconhecida, mas não muito, seu nome circulava sobretudo no meio independente. Seus filmes foram financiados com recursos de editais e leis de incentivo. Recebeu o convite para coordenar o Ministério da Edificação da Vida uma semana antes de o governo anunciar que a pasta passaria por uma reformulação, sendo inclusive rebatizada. Acordaram que ela seria apresentada na *live* semanal do presidente, dias atrás, transmitida em *collab* com o perfil de Fanta.

Quer dizer que agora tu vai fazer da vida das pessoas um inferno, e isso vai ser literalmente uma política de Estado? Me sinto menos sozinho sabendo disso, o Filho disse, tocando no assunto — a forma, conhecida para Fanta, dele de tocar num assunto difícil.

Fanta era a mãe dele: ele não sabia se virar em situações como essa, situações que pressupunham uma conversa roteirizada pelas circunstâncias.

Não vou responder, ela pensou, mas respondeu dizendo que, bem, era isso aí mesmo. Com a diferença de que agora vou ter atenção.

A sua participação na *live* durou exatos vinte e dois minutos. Depois de um discurso confuso sobre como a arte tinha se degenerado no nosso país, sendo instrumento de doutrinação para certo grupo ideológico, levando criancinhas a cometer desvios em sua orientação sexual, o presidente leu o nome dela, mencionou o título dos filmes que ela fez e ficou mais um bom tempo cuspindo palavras sobre o passado de Fanta e sua postura temente a Deus antes de finalmente deixar que ela falasse. O curioso é que a transmissão deu uma engasgada bem aí. Um borrão e a voz distorcida de Fanta vagando em ondas lentas demais.

Quando conseguiu dar oi, de súbito percebeu como a fisionomia do presidente se enchia de desinteresse no vídeo. Ele baixou os olhos para a mesa e começou a revirar uns papéis, desencaixando os óculos da cara enquanto ela falava sobre como estava lisonjeada pelo convite apesar do trabalho complicado que a aguardava. Como era feio, Fanta conseguiu pensar. O pensamento se interpôs ao que ela estava dizendo. Ela foi interrompida quando estava no meio de uma ladainha confusa sobre seus tempos de faculdade — as discussões acaloradas que tinha com colegas sobre o papel da arte —, perdida e escapando do discurso que havia ensaiado.

Se a arte corrige a vida, como dizem, o que digo é que gosto mais dos artistas que, podendo corrigir a vida, escolhem não fazê-lo. É mais difícil, porque não nos dá a chance de olhar para outra coisa a não ser o buraco em que nos metemos. Mas é necessário, se quisermos fazer da vida não um trabalho a ser corrigido ou um exercício de correção, e sim algo autêntico e aí quem sabe significativo.

Fanta deu essa declaração, três frases nem curtas nem compridas, esperando assim encerrar sua participação na *live* na qual foi apresentada como ministra da pasta criada para substituir o agora extinto Ministério da Cultura. A imagem do vídeo ficou pixelada justo nesse instante, dessincronizada com o áudio e ameaçando congelar, dois tempos distintos entre o que era dito e o que era visto.

Poderia-se apontar ainda um terceiro tempo, para aquilo que era entendido — e até um quarto, para o que não era.

Como a cara do presidente apresentava sinais inequívocos de não compreensão, Fanta conjecturou que ele deve ter julgado necessário uma última palavrinha dela, uma mensagem para todos que os estavam prestigiando, como se Fanta estivesse se dirigindo a uma outra plateia antes, ou pensando em voz alta, ou talvez as duas coisas. Ela então agradeceu e se despediu, com votos de que Deus abençoasse a todos e ungisse sua vida para este grande desafio que, se Ele estava confiando a ela, era porque a capacitaria a vencer.

Eu pensava que ministros tinham que morar em Brasília, o Filho retrucou sem muita confiança.

E têm. Só que eu não vou ser ministra por muito mais tempo. Vou sair.

Tu recém-chegou.

E já tô de saída. Sou tua mãe, esqueceu?

Já tentei.

Eu sempre amei esse teu desinteresse tão particular pelas coisas. Mas eu também já senti tanta raiva disso.

Vai me dizer ou não do que tu tá falando? Quem sabe começa por onde tu vai morar.

Não, não vou dizer.

O Filho disse que não queria mais saber, então. Não devia ter perguntado. Era inegável o talento de Fanta para atraí-lo e conduzi-lo até seus caprichos — mesmo agora, adulto, ele ainda fazia o que ela queria —: ela gostava, não?, de alimentar essa dinâmica em que o deixava sedento por saber algo de verdadeiro sobre ela sem que tivesse a intenção de dar qualquer resposta satisfatória, quiçá verdadeira. Não devia nem ter vindo, para começo de conversa.

Gostava do tio de Fanta, mas meio que sem motivo, disse. Ele não me deixava chegar muito perto e costumava me olhar como se sentisse medo de mim. Ele não estava muito interessado em procurar saber, mas isso de não chegar perto era do que eu mais gostava nele.

Mas então o Filho estava aqui por outro motivo, não por

Eski, não pela perda da mãe. Sim, a *live*. Ele havia tocado no assunto. Era só isso. Agora Fanta era conhecida em todo o país como a que tinha sido apenas para ele: uma evangélica terrível que impunha seu amor. Mas não fora ela a primeira a tocar no assunto, antecipando sua decisão de se isolar numa cabana no mato quando devia só comunicar a morte repentina do tio? Ela tinha aprendido que na comunicação entre eles, ou entre duas pessoas tão empenhadas em se distanciar um do outro, ninguém dizia o que queria dizer do jeito que os outros diriam, mas diziam, ainda assim diziam, só que de outro jeito, mais torto, e mais sofisticado, e isso era bonito, e comovente, ou era a desesperança em ser entendido por alguém, a mesma que ela percebia no olhar do tio.

Na saída do pequeno cemitério da comunidade, ela tinha convidado o Filho para dar uma espichada de carro até Itapuã. Conhecia um alambique que produzia cachaças maravilhosas, poderiam almoçar lá. Encontraram o lugar lotado, e nada do caminho até lá indicava isso.

A gente tá numa zona rural, nem sei se é parte de Porto Alegre ou de Viamão, acho que não faz diferença, e mesmo assim parece que não tem muito mais lugar pra quem quer fugir, Fanta comentou depois que conseguiram uma mesa.

Tu não devia beber, tá dirigindo.

Tão jovem, tão moralista.

Não é moralismo, é respeito às normas de trânsito. E beber não era coisa de gente do *mundo*? Ele faz sinal de aspas quando pronuncia *mundo* como se enquadrasse o rosto da mãe com os dedos.

Moralista tá sempre encontrando um código de regras pra se esconder atrás. Eu devia ter te forçado a mandar à merda as regras. Mas tu precisava delas.

Ok.

Ela disse que ele tinha razão.

Avisa o garçom, então. Pra ele trocar.

Que pena que eu não tô falando disso. Tu tem razão sobre o meu tio.

Por que eu tenho razão? Decidiu que vai me contar sobre o Eski agora? Não sei se tenho interesse. Preferiria que tu me falasse do meu pai. Por que é que tu não consegue falar sobre as pessoas?

Ela ouviu na voz do Filho uma nota de raiva acima do habitual, a que ele destinava a ela no subtexto das suas conversas. Ela estava a par do motivo desse desequilíbrio dele. Ele ainda não aprendera a disfarçar o quanto dependia de rotina em sua vida e o quanto qualquer quebra da normalidade que ele insistia em chamar de vida podia ser um evento devastador. O que era difícil para Fanta, agora, era não tocar no assunto — assumir que ela era a última pessoa com quem ele gostaria de falar sobre o que estava acontecendo com ele, o que se aplicava a quase todo e qualquer acontecimento, mas especialmente a esse.

O garçom tinha aparecido com três doses de cachaça, duas para ela, uma para ele. Ela virou a primeira. Um cheiro de linguiça pairava no salão, linguiça assada e madeira úmida.

Ela deu tempo a ele, e ele aproveitou o tempo para dizer que nunca entendera por que é que ela não bebia na frente dele, e que se estava fazendo isso só agora, ele podia chutar que tinha alguma coisa a ver com o tio dela.

Deu certo, ela pensou. O tio voltava a ser o assunto.

É um bom chute. Acho que tudo que vem acontecendo na minha vida de uns tempos pra cá tem a ver com ele.

Agora ele deu tempo a ela, e ela não tinha muito o que fazer com isso, ou não queria ter tempo.

Tu lembra quando a gente foi visitar ele? Foi a última visita, Fanta disse.

Ele espichou o tempo dela, e ela ainda não sabia o que fazer.

* * *

Veja só, não perdeu a pose. Foi este o primeiro comentário. Seu apartamento em Porto Alegre, no bairro Tristeza, recebia o sol poente, e ela adorava o tom meio terroso que encardia as paredes da sala quando abria todas as janelas. Pena que não durava muito. Uma hora e meia. Um pouco menos no inverno. Encerrada a *live*, uma semana antes, a ansiedade levou Fanta a fazer o que estava se tornando cada dia mais necessário: desligar sua conexão com a internet. Vinha tentando.

Não dormia bem havia alguns anos, quase todos. Passou por várias abordagens de tratamentos diferentes, medicamentosos e terapêuticos, e nenhum resolveu o problema. O mais próximo disso Fanta obtinha com ansiolíticos, coisa que tentava moderar para não cair na dependência. A dependência era um flerte perigoso mas necessário em sua vida, era mais um sentimento e menos um argumento.

Abriu o perfil e logo reconheceu o remetente da mensagem. Não podia não reconhecer. Eloane foi sua professora de escola dominical, a mais longeva que teve. Cobriu quase toda a adolescência de Fanta. Na foto, aparece de óculos escuros e com um cachecol rosa vibrante enrolado no pescoço e lhe cobrindo os peitos, mas sem dúvida era ela. Fanta soltou uma risada e no final achou que a risada soou meio maníaca, mas tudo bem. Releu: *Veja só, não perdeu a pose.* Como interpretar isso? Ela não seguia Fanta, e Fanta não a seguia. Ficou com a impressão de que era mais um elogio venenoso, e logo soube que não gostava dessa mulher. Como se Fanta ainda não a conhecesse e fosse reapresentada a ela. Mas também logo soube que não gostava dela desde antes, muito antes.

Fanta curtiu a mensagem de Eloane. Considerou por um

minuto e uma resposta seria gentil, apesar de tudo. Não conseguia não se importar com o que eles pensavam a respeito dela. Mesmo depois de sua saída daquela igreja. Volta e meia se flagrava em um comportamento submisso. Desprezava a si mesma nesses momentos. Agora relembrou alguns deles e ficou muito constrangida e um pouco aliviada. Não demorou nadinha para se sentir vítima da mesma armadilha. Ao aceitar o convite para liderar os trabalhos no ministério, fez uma escolha deliberada por se aproximar mais uma vez dessas pessoas. Por se aproximar de uma pessoa que ela era, ou tinha sido, ou fingira ser, ou as duas coisas — já não sabia. De se ver de novo em interações que fariam reluzir uma Fanta subserviente e, portanto, repulsiva. Foi com esse gostinho na boca que digitou uma mensagem para Eloane:

Querida, bom ver vc por aqui. Espero que esteja bem. Deus abençoe.

Pra ter aceitado o cargo, talvez tenha se convertido. Se arrepender é outra história. Eloane enviou essa resposta à gentileza de Fanta.

Fanta visualizou a mensagem. Não responderia mais, mas teve a boa iniciativa de printar a tela. Depois foi até o perfil de Eloane e a bloqueou. Não deu justificativas para a plataforma, mesmo que a opção "Discurso de ódio contra minorias" tenha sido oferecida, ficando sem marcação.

Viajou a Brasília para a cerimônia de assinatura do termo de posse. Foi recebida no aeroporto pelo pastor Timóteo, um figurão midiático envolvido até o pescoço na milícia digital de propagação de notícias falsas, homem de Deus que sabia explorar seu poder e influência para fazer políticos comerem em sua mão, negociando com máximo empenho perseguição e assédio a determinados grupos, sua espécie de sacerdócio.

Minha querida, ele disse, envolvendo Fanta num abraço que o permitiu cochichar no ouvido dela que era um prazer conhecê-la, tinham assuntos a alinhar, para o próprio bem de Fanta, quem ele não gostaria de ver queimada assim de cara, uma vez que sua atuação no governo era tão crucial para os evangélicos, para nossos esforços de salvar essa nação para Cristo, seu ministério será muito útil. Me acompanha num almoço?

Fanta teve tempo de pensar que não soube avaliar os perigos dessa história. Respondeu que adoraria e cogitou gritar por socorro.

Sentaram-se a uma mesa nos fundos de uma churrascaria. O homem que dirigiu o carro que os levara até lá ficou sozinho em uma mesa oblíqua, óculos escuros enquanto bebia uma lata de energético de canudinho.

O nosso, Timóteo disse para o garçom, que voltou com uma garrafa de vinho. Pra gente ficar mais à vontade, o Pastor sorriu para Fanta depois que o homem se retirou. Escuta, você não é boba. E eu, muito menos. Não tem o que aconteça dentro de uma igreja que não chegue até os meus ouvidos. Eu conheço você, eu mesmo já lidei com centenas, ou milhares, de histórias como a sua nas igrejas em que pastoreei. Eclesiastes, capítulo um, versículo nove, não há nada de novo sob o sol. Pois é. Eu posso ajudar a desmentir essa história. Abafar é um termo que evito, não nos serve. Nós precisamos da mentira, você me entende, nós apontamos a mentira, nós somos a verdade. Bem-vinda, Fanta, bem-vinda ao governo. Esqueci de mencionar? O governo me consultou sobre a indicação do seu nome. Somos amigos, o governo e eu.

Ele parou de falar por uns instantes, tomou um gole de água, suspirou, tirou a aliança do dedo para em seguida recolocá-la. Então retomou:

Você e eu nos tornamos amigos também, amigos fazem favores um ao outro, coisas que avançam, coisas que recuam, e nós desmentimos essa história e você vive quatro anos tranquilos, quatro anos de um futuro que desmente o passado. Não é um presente, um presente de Deus?

Um presente. É só essa sua proposta?

Um acordo de cooperação. O que me diz?

Que o senhor está errado e não me conhece. Em absoluto.

Agora Fanta fez silêncio, desgostosa com o fato de que ainda não assinara a posse, de que ainda não podia se desfazer dessa e de nenhuma outra cena. Tinha que ir até o fim. Então concluiu:

Mas eu também digo sim, aceito.

Quando ainda se mostrava solícita para atender a convites para participar de algum evento acadêmico, Fanta havia conversado sobre seu trabalho com os alunos de um amigo, professor na Universidade Federal do Rio Grande do Sul.

Às vezes eles saíam para assistir ao primeiro filme do fim de tarde no Capitólio e depois tomavam uma cerveja, o prólogo para a noite de um sexo insatisfatório para Fanta; o amigo estava mais para desinteressado em matéria de sexo, mas parecia desesperado por companhia. Passava a noite falando e, quando Fanta dizia que estava cansada, querendo dormir, ele insistia para fumarem um último cigarro na varanda do apartamentinho sujo em que morava na Demétrio Ribeiro. Como era estranho o momento desse último cigarro, porque ele calava a boca, finalmente, e fumava olhando as estrelas, esperando ver alguma coisa, apesar de nunca mencionar o quê. Fanta gostava dele nesses momentos, e por isso atendia seu pedido e também fumava calada. Depois se deitavam para dormir.

Fazia uns dois anos que ele não mandava mais mensagens, talvez ofendido pelas respostas lacônicas que Fanta deu para os alunos naquela conversa, portanto ela se surpreendeu quando o nome dele apareceu na tela do seu celular com o aviso de uma chamada.

Oi, Fanta disse. Tá tudo bem?

Tá, ele disse. Quer dizer, eu tô bem. Oi, Fanta. Confesso que imaginei que tu tivesse trocado de número, com essa história de ministério. Aliás, não sei se te dou os parabéns, mas, enfim, não foi pra isso que eu liguei, e tenho certeza que tu não tava esperando uma ligação de parabéns.

Não tava esperando ligação nenhuma, pra ser sincera.

Pois é.

Só achei que pudesse ser alguma emergência, essas coisas.

E é, de certa forma é. Escuta. Tenho carinho por ti. Respeito o teu trabalho. Se a situação fosse outra eu até diria que tô com saudade, o que acabei de dizer. Enfim. Sinto que é meu dever te avisar de uma coisa.

Mas que tanto. Fala de uma vez.

Vazaram um filme teu. Os alunos da universidade estão se mobilizando. Fui atrás de assistir ao filme porque não tava levando muita fé, esses grupinhos são complicados, tu sabe. Mas é tu, eu te reconheci, enfim, tu sabe como. Não precisa dizer nada sobre o filme, tu não deve explicação disso pra mim—

Nem pra ninguém.

Nem pra ninguém. Eu dizia que liguei pra te avisar. É provável que tua vida vire um inferno com essa história. Essa gurizada é foda, eles são organizados, eles têm tempo, eles têm argumento, eles não vão descansar.

Essa é a hora que eu ficaria feliz de ouvir o teu convite pra fumar um último cigarro.

Tá bom, Fanta. De nada. Tá, desculpa. Talvez tu já soubesse. Minha intenção foi te alertar, só isso, não quero que nada de ruim te aconteça.

Intenção.

Quê?

Nada. Nada de ruim vai me acontecer.

Em algum momento vai ter que explicar por que aceitou o convite para o Ministério da Edificação da Vida. Vai ter que explicar tamanha incoerência — mesmo que coerência, para Fanta, tenha sido mais um modo de ser vista, não de viver. Talvez a explicação passe por aí, talvez tudo passe pelo modo como se quer ser visto. Ela não vai se livrar de justificar sua atitude à primeira vista injustificável em assumir uma pasta que não apenas substituiria a da Cultura, mas também, essa era a ideia, perverteria a arte, pois pretendia instrumentalizá-la, e isso só pode enojar.

Mas não pode ser assim tão simples, como se instrumentalizar a arte fosse prerrogativa apenas dos que a viam como arma política. Era política? Essa visão estreita da arte parecia antes um modo de torná-la menor, torná-la o receptáculo das crenças dos que ora se entusiasmavam com ela, para depois, confrontados com qualquer obra que o negasse, ou que fosse tomada como ofensa, logo começar a atingi-la com as primeiras pedras dos que não erram, dos que estão no mundo para fazer dele um lugar melhor.

Como era difícil. Fanta tinha lido teóricos na faculdade, só que nunca se interessou por teoria, a teoria tentava entender mas ignorava ou não dava muita atenção ao que não podia ser entendido, ou ao que não *queria* ser entendido. O que Fanta achava mesmo difícil era pensar em arte com *intenção*. Qualquer obra pode ser lida, interpretada, recriada, traduzida. Tudo bem. Mas não havia meios de sondar a intenção de um artista — nem mesmo o artista poderia chegar a tanto. A intenção — escorregadia e sobretudo traidora: o que ela produzia era uma forma aproximada da sua natureza, da sua gênese; aproximada, nunca ela mesma; nunca o que o artista quis que ela fosse, só o que conseguiu fazer dela. Havia a arte que convidava à cocriação, e nem assim, porque, ainda que se possa criar em dois ou três ou mais, o movimento artístico é totalmente voltado para dentro, embora se tente à exaustão torná-lo real para os outros. *A arte é o futuro*, Fanta pensava. Nunca chegaríamos a colocar as mãos nela.

Ninguém até o momento — ela esperava — relacionava Fanta e seu trabalho como artista com a concepção que o governo parecia ter da arte, o governo que todavia a julgou competente para o cargo.

Olha onde Fanta tinha ido parar. Que mistério a levou até lá.

Fanta tinha feito um cálculo perigoso: colocava em risco qualquer ideia futura de trabalho e sacrificava o futuro do seu nome em nome de outro futuro, com seu Filho. Como se estivesse entregando uma coisa ao pedir por outra, uma negociação. Todas as religiões que conhecia tinham isso, não? Oferendas, promessas, um simples pedido; nada em troca, alguns diziam, enquanto pediam tantas outras coisas: uma vida em retidão, um arrependimento, um pedido de perdão, uma história contada de formas diferentes para tocar corações diferentes, uma pequena porcentagem do seu tempo, do seu salário, da sua disposição em abrir mão, de sacrificar o seu Filho. Como era mesmo a palavra? *Exposed*?

Ela entregava seu segredo-pecado, ainda que soubesse que um primeiro amor era sempre um segredo mas jamais um pecado, em troca de cessar o ódio que dirigiam a seu Filho. Para realizar seu plano, ela daria a escolha a seu primeiro amor de se entregar também, caso fosse querer, e essa era a parte que ela não tinha como prever. Ficou pensando nessas palavras, amor e prever, e sentia muito em admitir que uma não tinha nada a ver com a outra.

* * *

Os suplementos de cultura dos jornais adoraram o que Fanta disse sobre a arte e os artistas. Os mesmos suplementos dos mesmos jornais do Sudeste do país em que escreviam as mesmas pessoas que nunca dedicaram mais de uma linha aos filmes dela. Agora eles chamavam a atenção para o equívoco que uma artista como ela cometia ao fazer parte de um governo que desprezava a cultura, tratando-a de forma tão tacanha e abjeta. Tentaram entrevistá-la, e Fanta recusou. O que ela tinha a dizer estava na *live*.

Mas então o filme vazou. O que ela dirigiu e o único no qual atuou.

Fanta tinha uma intenção ao assumir o ministério, uma intenção pessoal. Ela não pretendia revelar essa intenção — nem no momento certo, para a pessoa certa. Era um pedido de perdão? Era sua última tentativa? Uma frágil e pálida luz de saída redentora? Era o que era: um sentimento difuso de que sua confusão fosse compreendida como um modo de confessar seus pecados, seu maior pecado, o único do qual se arrependia. Era a defesa instintiva da pessoa a quem mais amava e a quem menos compreendia.

Mas então o primeiro filme dela, o filme perdido, o filme secreto, vazou.

Precisaria pedir demissão.

Antes de fazer isso, porém, os editores e repórteres desses suplementos conseguiram encontrar uma entrevista dela, um depoimento que aceitou gravar para a TV Estatal de Cultura do Rio Grande do Sul quando despontou como jovem cineasta.

O seu primeiro longa — *A estranha cor dos abacates colhidos antes do tempo* — não só havia estreado no Festival de Cannes, um feito por si só impressionante, como concorreu à Palma de Ouro, principal prêmio da mostra. Ela não lembrava o discursinho que fez durante essa entrevista, mal se lembrava da entrevista, tão inebriada que estava por ter sido indicada a um dos principais festivais de cinema do mundo.

Clicou no link sentindo vergonha pela descrição na chamada da matéria:

ASSISTA AO DEPOIMENTO DA MINISTRA DA EDIFICAÇÃO DA VIDA À ÉPOCA EM QUE GRAVOU O FILME VAZADO ESSA SEMANA

Só no corpo da matéria o texto informava que o depoimento havia sido gravado *supostamente* à época em que Fanta havia feito o filme, o que em todo caso era uma imprecisão, uma preguiça em apurar qualquer coisa antes de publicar — *ainda que essa apuração*, Fanta pensava, *seja impossível*, e nisso ela estava errada. Assim que a imagem do vídeo apareceu, Fanta ouviu ecoar de algum lugar, do computador ou do passado, a pergunta:

O que é a arte para você?, nome do quadro de entrevistas.

Deu play.

É muita coisa, Fanta diz. Sem dúvida a maioria delas poderia ficar de fora. Aponta para a tela na ilha de edição e diz que quem sabe a gente tira isso. Não — vamos deixar. Eu vou ali fumar um cigarro e já volto, ela avisa a guria de cabeça raspada, mas pensei em começar de outro jeito, vai ajeitando o som aí e depois te mostro a cena e tu me diz o que acha; só vou fumar esse cigarro e já volto.

Mas o começo tá definido desde antes, Fanta, diz a guria.

Fanta veste um casaco prateado que lembra uma roupa de astronauta e tem quatro dedos da mão esquerda tatuados com estrelinhas e, abaixo de cada uma delas, um número. A imagem, mesmo pausada, deixa ver apenas alguns números, um 0, outro 0, um 2 e um 6. Antes de sair da sala, ela pega uma caneta da mesa e escreve no próprio pulso. Não dá para saber o que é. Quando devolve a caneta à mesa, sem querer encara a câmera, e seus olhos parecem mais verdes do que eram de fato.

É essa a cena que a equipe de TV combinou com Fanta que gravaria para exibir durante o quadro em que ela falava sobre o que era arte para ela. Pediram para filmar um momento qualquer do seu trabalho, sem nenhuma preparação prévia, para que registrassem o ambiente e as expressões mais espontâneos possíveis. Fanta trabalhava no primeiro projeto — ainda sem data para ser finalizado — depois da meteórica ascensão do seu longa de estreia.

O que ela disse naquele dia, e o que ouviu depois de dar play no vídeo publicado na matéria sobre o vazamento do seu filme, *supostamente* gravado na mesma época, foi:

Vire todas as peças do quebra-cabeça para baixo. Embaralhe. O movimento das mãos, apenas uma sensação, enquanto o olhar sustenta um ponto vazio à frente. Agora pode mover a cabeça em direção às peças.

Imagine que o sentido de só existir um único encaixe possível que vai formar uma única figura possível não existe mais. No final, ninguém mais no mundo vai conseguir encaixar tudo como você vai encaixar, e o desenho que vai nascer disso é não só único e seu: é a expressão de tudo, de como as coisas são.

Um filme é assim. Um livro é assim. A arte é assim.

É menos uma história e mais uma sucessão de acontecimentos — muitos dos quais não vão dar em parte alguma, serão abandonados e esquecidos pelo caminho —, uma montanha mágica de coisas que talvez fosse melhor não narrar, uma piada infinita da qual ninguém vai entender bem a graça nem quando é a hora de rir, mas a arte de que gosto é a do excesso, do acúmulo, da profu-

são de experiências que a vida é — não a vida que levamos, mas a vida que sentimos levar.

É esta a única que importa.

Sua intenção. Não era essa. Mas também era essa.

Os dias seguintes foram preenchidos por períodos de sonolência, graças ao ansiolítico, e embriaguez, graças ao sangue que corria pelo seu corpo, uma herança genética que circulava, uma vez livre da barreira paranoica que Fanta construíra para contê-la por todos esses anos, veloz e desimpedida, como se tomasse um território que sempre foi seu.

Garrafas de vinho, latas de cerveja, embalagens de fast food, animais que vinham da sujeira e dela se alimentavam — o apartamento de Fanta havia ele próprio se transformado na casa do tio dela; era uma coisa fácil de se ver, menos gradual que o processo pelo qual ela passava. Tinha poucas lembranças da casa do tio — a lembrança que tinha era de ser proibida pelos pais de ir até lá —, mas as poucas que conseguiu preservar descortinavam essa triste mobília dos que perderam o controle e se renderam. Ela estava a poucos passos de se render também, de ir embora, de dizer chega, de desistir mais uma vez, e pelo menos essa desistência seria a suprema, a última, a que dispensaria qualquer outra.

Todas as mensagens que recebia sinalizavam um ataque covarde e coordenado, um ódio direcionado com maestria, planejamento, determinação; era disso que se tratava, da intenção límpida e inequívoca de subjugar e humilhar alguém, de colocar esse alguém na lona, de modo que a lona fosse vista não só como destino merecido, mas também como o infortúnio nem tão ruim comparado com o mal causado pelo monstro que ali caía. Por isso precisava da mobília do tio, que ali estava, a única companhia que Fanta tinha agora.

* * *

Ela abriu os olhos esta manhã e ficou um bom tempo na cama, pensando em como não gostaria de ter de começar o dia. Preferia ficar ali, mas não era exatamente isso, era só uma forma aproximada de dizer *ficar ali*. O que ela preferia mesmo era não se sentir angustiada por não querer fazer nada.

Era como se enfim pousassem um copo ao contrário, emborcando uma vela que queima. Só mais um pouquinho e a chama morre.

Parou de assistir a filmes. Via um por dia antes disso, mas parou, agora não vê mais filmes, nem um por semana, como quase todo mundo. Sentia a intolerância avançar pelos tendões do corpo, ligando algo de indefinido dentro dela, algo que não sabia nomear mas que lhe parecia indispensável para a nova vida que se apresentava como resultado das escolhas que havia feito, escolhas decisivas, ela sabia, mas revestidas do verniz da apatia que vai tingindo os dias.

Tinha perdido seu amor por elas.

Descobriu nesses dias que podia ser uma pessoa ruim, que viver pleiteando o selinho de boa pessoa todas as horas da existência era de uma imbecilidade sem tamanho, e ela entendia imbecilidade como uma mistura de burrice ingênua e moralismo fácil.

Mandou um e-mail para o presidente com cópia para toda a cúpula ministerial, não esquecendo a cópia oculta para as redações dos principais jornais do país, descrevendo as ameaças que vinham entulhando todos os canais de comunicação com ela. Escreveu que tinha cometido um erro ao aceitar o convite, e outro erro ao não considerar sua exposição e o que essa exposição poderia trazer de problemas para sua vida pessoal e, claro, para o governo. Ela estava fora, onze dias depois de ter assumido. Abriu novo parágrafo e digitou:

Devo, porém, dizer que minha vida, querendo eu ou não, sempre foi uma brincadeira de esconde-esconde deprimente: mentiras que ora eu mesma contava, ora os outros, orações que eu fazia para que fossem ouvidas. Não me queixo, foi a escolha que fiz, e dela não me arrependo. (Não nos termos que os senhores e as senhoras têm dessa expressão — o que nem vem ao caso.) O que gostaria de deixar claro, para encerrar, é que o filme é mesmo meu, como estão dizendo. Sou eu quem aparece nele, é o meu corpo, o meu corpo e a idade que ele tem — tinha. Faço questão de que a autoria deste trabalho seja reconhecida e pública, e é com ela, e por ela, que me demito do cargo de ministra da Edificação da Vida, admitindo-me em outro jogo, privado e íntimo, de que não tenho vontade de falar (muito menos com os senhores). Esta é a verdade, esta é a minha vida, e estou cansada de fingir que não.

Enviou o e-mail. Não queria estar sóbria para acompanhar a repercussão da história, de modo que abriu uma garrafa de vinho. Na metade dela já tinha decidido não acompanhar repercussão nenhuma, nem mesmo bêbada. Procurou uma caneta e escreveu no rótulo do vinho o ano, e agora ela voltaria a brincar.

O.

Foi assim que o tio a ensinou a orar. Fanta já havia aprendido com os pais, claro, mas a oração dos pais era feita de palavras, e dessa ela não gostava, e só muito tempo depois foi compreendendo por quê.

É como uma conversa, ele disse. Disso tu sabes. Mas é uma conversa pra dentro. Não precisa falar, Ele escuta toda a tua imaginação. Não é demais?

Era demais.

E então os dois saíam pelo quintal da casa dos avós de Fanta, cada um com uma colher, cavoucando a terra em busca de pistas de outros tempos, pistas que logo encontravam e disparavam a imaginação de Fanta, e o tio dizia para ela:

Fanta, olha essa moeda. Aqui. Tem um ano. Consegue ler?

Ela fez que sim. Era domingo, o tio vestia um agasalho com a estampa de duas pessoas de perfil, sentadas de costas uma para a outra, apoiando-se mutuamente, as pernas formando um A. Ele aproveitou que ninguém mais estava prestando atenção na brincadeira boba deles para abrir o agasalho e tirar dali um vidrinho.

Fanta achou que era perfume, mas ele deu um gole e o guardou de volta.

Que ano diz aí?

Fanta disse o ano e perguntou o que ele estava bebendo.

É um tipo de água. O tio vai jogar bola daqui a pouco, então precisa tomar isso pra conseguir jogar melhor. Agora imagina por que será que essa moeda, feita nesse ano aí, veio parar aqui. Como pode.

Ela imaginou. Pediu, no entanto, para ficar sozinha, porque sozinha imaginava melhor.

O tio disse que claro, como não. Só uma coisa, ele disse, se abaixando para falar com ela bem de perto. Depois de imaginar o passado, imagina o futuro. Orar é assim. A gente imagina o futuro que quer, como as coisas que a gente quer muito, e Deus escuta nossa imaginação.

Os olhinhos dele se acenderam, e ela se viu refletida neles. Depois foi como se uma nuvem passasse pelos olhos do tio; ele se levantou e disse tchau, e aí ela ficou sozinha, com a nuvem na cabeça.

Lembrar o futuro — como poderia ser possível? Foi a historinha que Eski inventou para Fanta, quando ele ainda pensava no que dizia para ela e como dizia e o que queria dizer. O tio não mencionou nada sobre a Voz. Em vez disso, contou que sonhava uns sonhos loucos, fabricados pela cabeça dele, que já andava bagunçada por causa do conteúdo que levava naquela garrafinha.

O tio acomodou o cantil no bolso traseiro da calça. O cheiro de álcool era familiar para Fanta. Ela o associava ao tio, ao carinho que sentia pelo único tio. Não entendia, ainda, por que a mãe comentava com tanto amargor e com tanta censura o hábito do tio de levar a garrafinha para todo lugar. Não se lembrava de já tê-lo visto sem ela. Fanta tinha onze anos, e era a primeira vez que contava para alguém dos sonhos que vinha tendo. Primeiro se sentiu um pouco ridícula, depois peculiar, como se os sonhos a tornassem diferente de todas as pessoas que conhecia. Ela queria ser diferente, como o tio era. Todo mundo quer se parecer com alguém por aquilo que essa pessoa tem de único, não? Só que ninguém quer muito conhecer o outro lado dessa coisa única — porque vai que ela é feia —, e, quando conhece, conclui que é melhor deixar aquilo quieto.

Fanta também quis, mas por pouquíssimo tempo. Essa sensação de ser única e especial durou menos de um ano e terminou, sem mais nem menos, como uma dor de cabeça que some depois de um cochilo, quando ela ouviu do tio a história de como os sonhos ofereciam a ele um vislumbre, ainda que tênue, do futuro — e não de um passado, como os dela. Fanta ainda não sabia, mas agora Eski começava a dizer a verdade, mesmo ainda sem mencionar a Voz.

Não foi a história do tio que frustrou as expectativas dela de ser diferente de todos os outros e igual a ele; foi, na verdade, a faísca que percorreu seus pensamentos e que ligava os sonhos que vinha tendo com a cena que estava protagonizando com o tio quando ele contava sua história. Não era bem um déjà-vu, a sensação de já ter vivido aquilo; era mais a terrível ideia de que aquilo tudo, a vida dela e do tio e de todo mundo, estivesse se repetindo, se repetindo para sempre. O porvir, delicado e fugidio, que ia para depois voltar. Desejou de súbito que essa ideia e essa sensação fossem embora, e soube, de súbito também, que esse desejo a rondaria como um fantasma, às vezes atrás dela, às vezes, à frente.

Percebeu, então, que não queria ser única como o tio — não queria ser a herdeira de um fenômeno misterioso mas triste, pois o tio era um homem triste, Fanta já sabia. Ela teve a impressão de que ele jamais conseguiria escapar da vida.

Fanta havia sido escolhida, primeiro por uma eleição prévia entre os líderes da igreja, depois por todos os pré-adolescentes e adolescentes em voto direto, a líder do grupo de jovens. Tratou a situação como natural, porque era assim que a percebia então. Vinha se preparando, ainda que às vezes mal se desse conta, para aquele papel. Não era difícil imaginar que a vida transcorreria mais ou menos como a do seus pais, um casal respeitado dentro da congregação. Eles não demoraram muito, depois de casados, para servir na igreja como diáconos, a posição mais baixa na hierarquia que regia todos os membros da liderança. A igreja dos pais de Fanta era uma cédula que havia se separado de uma congregação tradicional presbiteriana, por motivos que ela nunca entendeu por completo. Apenas ouvia dizer, quando vez ou outra seus pais topavam com um ex-colega de presbiteriana, dispostos a jogar conversa fora por cinco minutos e ouvir uma ou outra censura, que o comportamento deles era uma espécie de rebeldia — o que Fanta achou, antes de receber a devida admoestação dos pais, que poderia ser algo muito legal — e que tal posicionamento configurava desobediência às autoridades da presbiteriana, e por consequência desobediência a Deus, pois quem desobedece aos líderes impostos pelos homens está desobedecendo ao Senhor.

Com o tempo, e com a proliferação de novos membros que não precisavam tomar conhecimento de todos os detalhes da comunidade que os acolhia tão bem, a história da separação acabou tornando-se um assunto velado, um tema que todos preferiam evitar e sobre o qual iam depositando outras histórias. A mais conhecida delas dizia respeito a uma visão de que o bairro para onde iria a nova sede, a sede da nova denominação, precisava ser salvo para Jesus, portanto aquele grupo de Fanta e seus pais estava se mudando porque havia uma missão a cumprir.

Não foi fácil demovê-la da ideia de cuidar do tio. Fanta pensava, quase todos os dias, em fugir com ele sem mais explicações para a praia, a mesma praia em que passava a infância aproveitando o extremo vento nordeste para levantar pipas com Eski, ou então cavoucando dunas até avistarem ovos de cobras. Numa dessas expedições, com a cabeça inteira perigosamente dentro de uma caverninha que tinha cavado na duna, tomou um susto enorme quando uma cobra amarela surgiu de repente da areia e deu-lhe um bote rápido e assustado. Ela lembrava o movimento de reflexo que fizera para desviar da cobra e de como, enquanto se afastava num impulso, conseguiu olhar nos olhos do animal. Não contou para o tio. Não contou para ninguém, não queria que soubessem que ela estava com medo. A partir de então, foi dando desculpas que, a uma guria da idade dela, pareciam suficientes para evitar aquela brincadeira, *Exploração das coisas do passado*.

O tio percebeu — ela sabia que ele sabia, essas coisas quase sempre podem ser adivinhadas e interceptadas e passam a existir para os envolvidos por meio do acordo tácito de não mencionar a vulnerabilidade do outro —, mas não argumentou. Disse que estava farto daquilo também, era hora de procurar outras coisas para fazer nessa praia do fim do mundo.

Não precisava abrir os olhos. Ela estava se movendo, e só depois lembrou que adormeceu em movimento. Conseguia pressentir os braços do tio a seu lado, segurando o volante, vibrando enquanto tentava manter o carro na estrada que deve ser a lua. Podia estar numa carroça, a sensação era essa. Ela gostava de pensar nisso, na lua, na carroça, em um lugar estranho que ainda não conhecia e podia adiar conhecer se mantivesse os olhos fechados, apenas fruindo a expectativa por esses momentos ao lado do tio, momentos desconhecidos e abertos e expectantes também, como ela, como o tio.

A luminosidade tentava forçar entrada como se suas pálpebras fossem cortinas finas demais, escondendo sua consciência de alguma coisa que ela não queria que acabasse, porque ela sentia que *alguma coisa* estava acabando, mas não sabia dizer o que era. *Vou segurar o máximo que puder*, pensou.

De algum jeito ela também pressentia que não havia outro carro até onde o olhar do tio alcançava, mesmo quando olhava para trás pelo retrovisor. Era bom fingir que dormia.

Por ter dormido e acordado, ela inferiu que não faltava muito tempo para chegarem à praia em Porto Alegre prometida pelo tio. Ou será que a praia em Porto Alegre era tão secreta que nem ele encontrava de primeira, e agora estavam procurando? Quando abrisse os olhos ainda teria treze anos, não teria? O tio não parecia ele mesmo menor dentro dessa SUV, como um recém-habilitado que ostenta o carro do pai para as garotas? Tinha treze anos quando o tio parou o carro na entrada do prédio em que ela mora e ela entrou no carro e disse que os pais estavam na igreja, o que era mentira, mas já sabia, aos treze, que mentirinhas assim são um tipo de cuidado e de zelo, como se envolvesse o sentimento dos outros em plástico-bolha, porque ela não queria que o tio soubesse que a mãe não queria vê-lo, mas sobretudo não queria mesmo que Fanta entrasse naquele carro que a levaria à praia com o tio alcoólatra, ainda que o tio estivesse em recuperação, como todos nós estamos em recuperação, seja lá do que for, e não bebesse havia um ano e nove meses, e a praia ficasse ali pertinho, em Porto Alegre. Ex-alcoólatra — a gente deixa de ser uma coisa para se tornar outra o tempo todo, não é? O tio aceitou a desculpa da igreja com um sorriso, talvez um sorriso que admitia a mentira, que podia significar *Eu sei que você tá mentindo mas não quero te constranger como mentirosa*, que também era uma forma de priorizar o sentimento dos outros, uma resposta aceitável, uma cena a mais no teatro que os dois precisavam desempenhar.

O sono havia restaurado um pouco do cansaço emocional de ter precisado convencer os pais a deixá-la ir. Tentando parecer casual, como se o pescoço estivesse pedindo que mudasse de posição, ela se virou no banco e ficou de lado, o rosto para a janela, e com a mão direita apalpou o bolso da calça e confirmou: sim, o chaveiro estava ali, ela o havia trazido. Ninguém além dela sabia da importância daquela lua em volta da qual orbitavam suas chaves. Nem mesmo quem o tinha dado a ela de presente — este homem que agora podia dirigir de novo, ainda que ela não fizesse muita ideia a quem esse carro pertencia; este homem que retomava aos poucos a vida, ainda que ela sentisse que ele não estava mais feliz do que antes; parecia, para dizer a verdade, mais triste.

Então ela abriu os olhos e decidiu que confirmaria ou negaria essa impressão agora mesmo e se virou de novo e buscou o olhar do tio.

Dormi muito?, ela disse, pontuando a pergunta com um bocejo propositalmente longo. Nossa, agora entendi por que tu tá com esse carro, quanto buraco tem aqui.

Quando dei por mim tava falando sozinho, te olhei e tu já tava de boca aberta, o tio respondeu, abrindo a boca ele também, tirando os olhos da estrada por um momento.

Desculpa, é que—

Tô brincando contigo, guriazinha. O que acha de parar pra tomar caldo de cana? Tem umas barraquinhas por aqui.

A gente tá longe? Da praia, quer dizer. Já tá meio tarde, minha mãe pediu pra avisar quando eu chegar.

Quando tu chegar? Ou—

A gente. Quando a gente chegar.

Não vejo tua mãe desde que saí da Igreja. Ela desistiu de mim, acho. Eu também desistiria, não culpo ela. Não culpo ninguém. Não gosto de culpa.

O tio ligou a lâmpada interna do carro.

Consegue pegar minha mochila ali atrás, no banco? Quero te mostrar uma coisa, ele disse.

Só se eu tirar o cinto, e minha mãe di—

Escuta, Fanta, não vou te colocar em risco, tá bom? Posso imaginar tudo o que tua mãe disse, eu ainda sei o que é ser um adulto responsável, embora não tenha praticado muito durante a vida. Mas eu sei. Não vai funcionar se tu não esquecer um pouco todos os pés atrás sobre mim que tua mãe enfiou em ti.

Tá bem.

Ela desprendeu o cinto de segurança e buscou a mochila no banco de trás e a colocou sobre as pernas, afivelando o cinto de novo. A operação toda não durou meio minuto.

Abro?, Fanta disse.

Ele só confirmou com a cabeça.

O que é? Onde tá?, ela perguntou.

Não tá aí, não exatamente. O que eu quero te mostrar ainda não aconteceu. Sei o que tu tá pensando e, pra que tu possa acreditar, ou pelo menos me dar o benefício da dúvida, eu tenho algo na mochila que pode servir de prova. Das outras vezes.

Que aconteceu o que tu tava sentindo que ia acontecer.

É.

Ainda? Depois de todo esse tempo? Mesmo sem beber?

E se eu te disser que não tem a ver com bebida?

* * *

O carro estava estacionado de qualquer jeito e da praia parecia uma peça de Lego esquecida sobre o tapete, solitária, depois que as crianças foram dormir.

Fanta disse que ia tirar os tênis e calçar chinelos e pediu para o tio esperar, ela já voltava. Quero sentir a areia geladinha, é muito melhor que areia quente, explicou.

Por que pensava em crianças? Não em qualquer criança. Fanta tinha na cabeça a imagem de *uma* criança, uma criança que *era* dela. *Seria* dela. *Foi* dela.

No caminho até o carro, ela quis se virar e olhar para o tio mas não queria ser vista olhando para trás. Tinha certeza de que ele a acompanhava, zeloso, porque depois de dar os primeiros passos ela escutou o barulho do alarme do carro sendo desligado, as portas destravadas. Foi até o porta-malas e antes de abrir teve a impressão de que era observada. Espantou-se com o tamanho do vazio que as duas mochilas, a sua e a do tio, pareciam ressaltar. Dali, olhou para a figura do tio recortada contra a luz da lua estendida sobre a água, como se ele fosse a estrela de um espetáculo encenado para ninguém — por que ninguém quis ir vê-lo? De repente estava pensando em como seu coração ainda vai ser preenchido pela vida que tem pela frente, e esse era o sentimento que mais gostava de cultivar: a expectativa por tudo que ainda vai lhe acontecer, mas agora, e isso é novidade para ela, de súbito foi surpreendida pela ideia de que sua vida entrava numa fase em que dependia mais dela do que de seus pais, como fora até então, para que nada de ruim lhe aconteça. Esta era uma angústia nova, embora óbvia, cristalina, diferente das angústias que os sonhos costumam causar. Costumavam. Não mais. Asseguraram para ela que o corpo da mulher passa por mudanças misteriosas com a primeira menstruação, e os sonhos eram só isso, mistérios hormonais e um inconsciente disposto a recebê-los. Aprendeu a gostar deles, e por enquanto desejava que eles não a abandonassem.

Tirou o tênis, as meias, e estava de chinelo quando intuiu a presença de olhos, olhos que a observavam de perto. Talvez fosse um gato escondido, um animal que procurava outro animal para comer ou para acasalar, o que viesse primeiro. Em todo caso, pareciam olhos que acompanhavam, à espera dos movimentos dela. A quem quer que pertencessem, iriam perscrutá-la e, só depois de conhecer sua intenção, enviar mensagens para o cérebro para que ele decidisse o que fazer.

Mas o que ela viu era uma Kombi, os faróis acesos encarando Fanta como um bicho apanhado em flagrante, fazendo o que não devia fazer. Um ponto luminoso na borda do rio com o céu indicava que alguém passaria mais uma noite balançando. Dentro da Kombi não havia ninguém.

A educação de Fanta transcorreu sem maiores sobressaltos, a vida dela era voltada para a igreja e era lá que ela admitia seus sobressaltos. Seus amigos estavam na igreja, não na escola. Seu futuro estava na igreja, não na escola. Levava suas obrigações a sério, mas não esperava nada delas, ia tirando uma a uma do caminho, série após série. Não se envolvia além do necessário.

E não via motivos para alterar essa ordem até mais ou menos a entrada no ensino médio, quando foi se familiarizando com o fato de que precisaria escolher uma carreira. Não ainda, mas em algum momento. Na igreja, ela era a escolhida. Ali fora, não; no mundo, ela é que escolhia. Nenhuma profissão se apresentaria e diria o quanto era especial e separada para desempenhar sua função. Não era assim; ela não seria escolhida por nenhuma profissão, e mais tarde Fanta vai achar estranho que antes de ter se angustiado com outras escolhas, mais próprias para a idade que tinha, e talvez vinculadas aos desejos que poderia ter, ela começou justamente por essa, a que dizia respeito ao que ela *seria* profissionalmente, e mais tarde vai pensar que isso se explica da seguinte forma: foi a primeira vez que ela teve a astúcia de querer outra coisa para além de uma vida inteira dedicada à igreja, como a dos pais.

Ali fora, portanto, ela é que tinha que dizer o que queria, que rumo daria para cada área de sua vida, quais pessoas gostaria de ter por perto, a quais grupinhos se aliaria, quais roupas usaria para que sua personalidade ficasse transparente para os outros, e por aí vai, mas Fanta ainda sentia uma preguiça enorme ao pensar em todas essas decisões, e ela as evitava ao máximo, sobretudo porque várias delas ofereciam apenas opções antagônicas às que ela aprendeu a reconhecer como boas, *moralmente* boas, com essa formação — palavra que ela também foi entender muito mais tarde — que teve em casa e na igreja, e isso a deixava com uma vontade imensa de fazer o que não esperavam dela, não podendo voltar atrás, uma sensação de ser tão dona do próprio destino que ela foi se achegando, até se ver sentada em seu colo, desejando ser uma guria para quem as coisas não têm volta.

Um dia foi atingida pela constatação de que sua vida era monótona porque não se permitia sequer a possibilidade de pensar um segundinho só com a cabeça dela, usava apenas a dos pais, e era muito boa nisso, o que a deixou feliz, mas ficar feliz era exatamente o problema aqui, e ela também estava curiosa por descobrir como que se pensava por conta própria e como era isso de viver confrontando os pais, como ela não podia deixar de reparar ao escutar os monólogos dramáticos das colegas de escola. Fanta poderia ter memórias mais concretas desses tempos, mas o fato é que essa faixa importante de sua *formação* aparece para ela como um grande nada, um nada do qual ela era ao mesmo tempo vítima e autora, as duas coisas, e sua formação até esse ponto foi mesmo sem graça — então não é de estranhar que a partir de certo momento ela tenha ido atrás de alguma graça, preenchendo esse nada com imagens.

Pode-se imaginar a frustração de Fanta ao ouvir que para o seu Filho brincar de faz de conta era uma coisa bem difícil de fazer, depois de tanto tentar e lhe pedir para se esforçar um pouquinho, até um dos dois chorar um pouquinho também. Ela insistia além do que seria agradável. Dizia palavras. Que ninguém pense que ela esqueceu que palavras eram essas. Que ninguém suspeite que diga sobre si mesma que não sabe o que é que pode ter dado errado, uma vez que só quis acertar. Lembra com exatidão dessas palavras, como costumamos nos lembrar de coisas boas que nos aconteceram mas que nos escaparam.

Mas o Filho progredia, com todo o trabalho da equipe multidisciplinar que o acompanhava, além dos incentivos de Fanta, os que ela conseguia manter dentro de um padrão agradável. Por isso, Fanta se animou quando o Filho fez uma amiga. Uma coleguinha de pré-escola. Foi antes dos probleminhas, como Fanta os chamava, se tornarem evidentes demais, inviabilizando essa pré-escola e a interação com as crianças que a frequentavam. Ainda assim, essa colega parecia dar atenção gratuita ao Filho — era a única, aliás —, e o fato de eles morarem próximos, a uma caminhada curta de distância, aproximou-os e, sim, Fanta considerava os dois amigos: era a primeira amizade do Filho, e isso a enchia de expectativa — e de terror, porque não queria que fosse a última.

A amiga se chamava Giulia e manteve o hábito de ligar uma vez por semana para o Filho, mesmo quando deixaram de se ver na escola, para convidá-lo a ir até sua casa, onde podiam brincar, e no que essas brincadeiras consistiam era um mistério para Fanta, uma vez que o Filho não interagia bem com outras crianças e preferia em geral brincar sozinho, ou apenas ficar só, ou talvez sua brincadeira favorita fosse a de evitar os outros e ficar na dele.

No verão, Giulia propôs que eles tomassem banho de piscina na casa dela, e Fanta disse tudo bem, desde que ela pudesse ir, pelo menos nas primeiras vezes, para tomar conta do Filho. Só que Fanta não esperava que a piscina fosse tão diferente do que ela estava imaginando. Era mais um tanque, um retângulo de proporções enormes, de pedra, e tinha uma textura musguenta. Pensou na superfície de algum planeta em que fosse encontrada uma festiva presença de vida microbiótica. (Mas não estava disposta a colocar a perder as pequenas e sofridas vitórias sociais do Filho em nome de preocupações sanitárias. Se Giulia havia sobrevivido, ele também conseguiria.) Fanta então se lembrou de como o Filho era obcecado por viagens interplanetárias. Ele não construía narrativas em que ele próprio explorava o espaço, mas havia memorizado o nome de todos os planetas do Sistema Solar, na ordem do mais próximo do Sol ao mais afastado, e também o nome de constelações, galáxias e exoplanetas, na época uma novidade.

E tinha a Lua, pela qual parecia fascinado, querendo saber o que eram aqueles buraquinhos. Fanta teve a ideia de tentar. Quando voltaram para a casa, ela fez alguns comentários sobre a aparência da piscina, e tentou.

Sabe no que eu pensei?, ela disse. Na Lua.

Na Lua? O que tem a Lua?

Deve ter piscinas como aquela na Lua, não deve? Eu achei que se parece com uma piscina lunar. Ela é tão... Não sei, as piscinas que a gente vê por aqui não são assim.

Piscina lunar?

É. É, sim. Sei lá, a gente não vê os buracos enormes daqui? Talvez sejam piscinas. Na próxima vez que tu for na tua amiga, a gente pode imaginar que vocês estão tomando banho na Lua. Que tal a gente ligar pra Giulia e ver se ela gosta do nome?

Tá, eu quero.

Então a batizaram Piscina Lunar, e Fanta pôde ter um terreno no qual apoiar suas investidas na imaginação do Filho, ou em um mundo de faz de conta que ainda era apenas dela, mas para o qual ela queria trazer o Filho.

No outro fim de semana, quando chegaram à casa de Giulia, o Filho foi logo apresentando um brinquedo que havia levado para os dois: um ônibus espacial.

Embora fosse difícil convencer o Filho a participar de brincadeiras mais imaginativas, ele era um prodígio em memorizar nomes de lugares. Podia citar sem dificuldade uma centena de países e suas respectivas capitais, além de apontar no mapa a localização precisa deles. Fanta às vezes suspeitava que ele conhecia todos os países do mundo, mas ela mesma não conhecia, e havia as guerras e disputas geopolíticas que não precisavam de muito para confundir a divisão do planeta. Cansada de dar de cara nesse muro que era a ecolalia do Filho, iniciou uma conversa sobre essas coisas, mas estava tão cansada que era mais uma conversa com ela mesma, em voz alta, para que o cansaço não a enlouquecesse; não queria perder a cabeça, era isso que pensava, dia após dia, quando o Filho se transformava dia após dia numa fonte de frustração: não posso perder a cabeça, não posso perder a cabeça, só isso. Então o Filho disse que deste planeta ele já estava cansado, e queria aprender sobre os outros.

Fanta pegou um atlas antigo, do seu tempo de estudante, e ficou feliz de compartilhá-lo com o Filho. Procurou a seção dedicada ao nosso Sistema Solar, dando o nome de cada planeta que orbitava o Sol; só a Terra estava a uma distância especialmente adequada à vida, ela explicou. Os outros eram inóspitos e sobretudo desconhecidos. Nas visitas aos médicos e nas terapias ocupacionais e integrativas daquela semana, o Filho não parou de contar o quanto era empolgante o espaço — parecia atraído pelo tanto de coisas que sabíamos pela metade, mas não a ponto de ter certeza sobre as possibilidades que pairavam acima de nós.

Eles mal enxergam. Primeiro sentem, é assim que se orientam. Depois é que vão se preocupar com os olhos, e aí é que o mundo começa para eles. O começo de qualquer coisa é o que há de mais solitário no mundo, Fanta, o tio disse. Eski repetiu para ela essa frase, e Fanta a ouviu como se ele nunca a tivesse dito e retribuiu o sorriso confidente que ele lhe oferecia. Lembrou da terrível ideia e reconheceu a sensação ali perto. Era a primeira vez que ele via o Filho dela. O tio não andava atendendo as ligações de Fanta.

Pena que não tem como a gente se lembrar desses nossos primeiros dias no mundo, ela disse.

Tem e não tem. Talvez aconteça e a gente não saiba reconhecer, não consegue chamar de lembrança. Ele abriu a mochila e tirou dali um saco de bergamotas e alcançou uma para a sobrinha.

Quis manter nossa tradição, ele disse.

Ela encostava o corpo do bebê no seu e sentia como o coraçãozinho dele batia acelerado. Explicaram, mesmo que nem precisasse, pois ela havia se preparado para ser mãe, que era normal. Fanta gostava dessas explicações desnecessárias; fazia parte das fantasias dela ouvir o que as pessoas tinham a dizer sobre como cuidar de um filho, a aproximava da realidade. Ela era mãe. Tinha conseguido. Ouviria o que fosse preciso, ouviria de bom grado, agradeceria com simpatia, e depois se sentiria no direito de desfrutar da sua vez de dar conselhos a mães mais jovens quando chegasse a hora. Portanto ela ouviu todas as explicações e todas elas eram razoáveis e de acordo com o que ela já havia estudado e, o mais importante, com o que ela e o Filho compartilhavam no dia a dia.

Os primeiros meses, ah, os primeiros meses.

É muito difícil manter um bebê vivo, uma enfermeira um pouquinho sem noção tinha deixado escapar um dia, numa consulta de rotina.

Fazia muito tempo que ela havia decidido deixar as palavras do tio para lá, mas nesse dia Fanta não conseguiu evitar de pensar nelas. Ela sabia, no entanto, que uma pessoa paranoica vai encontrar os sinais que procura, e Fanta não queria ser uma pessoa paranoica.

Até agora, tive cem por cento de sucesso, respondeu à enfermeira. Sua voz falhou um pouco, e Fanta tossiu e aproveitou para pedir um copo de água à mulher, dando por encerrada aquela conversa.

É só você, né?, a médica perguntou ao entrar na sala.

Sim, só eu, Fanta disse. Eu e esse gurizão aqui. Somos só nós dois.

Queria ter mais lembranças dessa fase. O fato é que essa fase é recheada de atrações previsíveis e exaustivas, ainda mais para quem não tem com quem dividir a exaustão, e os dias passam um igual ao outro. Eles crescem rápido, dizem, e era verdade, mas nem Fanta nem ninguém flagrava o processo enquanto ele acontecia. É uma daquelas coisas que só dá para reparar depois que acontecem, remontando na memória cada cena que os trouxera até ali.

Até chegar um momento que destoa. Que vira uma marca impossível de ignorar. Uma linha bem distinguível. A vida é uma antes dela e outra depois. Tão fácil ver as coisas dessa forma, seria tão mais simples se fosse sempre assim — mas tão sem graça. Esse farol joga luz para trás, e toda a vida sob essa luz é a nossa vida e não é, as duas coisas.

Sim, ela concordava com a escola. Aquele era um lugar que não servia mais, não o acolhia, não o estimulava, um lugar tão parecido com todos os outros. Tinha que fazer alguma coisa. Iria fazer. Não disse o quê. Para o Filho, ela sempre daria um jeito e traçaria um plano. Mesmo que fosse para longe.

O momento solitário, dessa vez, foi um empurrão. Ou, melhor contar direito, foi a consciência de Fanta de que o Filho dela estava lhe dando um empurrão bem consciente.

Ela tentava aninhá-lo. Tentava aninhá-lo mesmo odiando, era isso, e em vez de transmitir aconchego talvez ela tenha transmitido lágrimas de culpa que rolavam por seu rosto, despencando no rosto do Filho. Ele estava desperto e se mexia e — ela viu a intenção na força que ele fez — a empurrou. Como quando o tio a abraçava com o cheiro de álcool tão forte na respiração rançosa que ela se soltava. Ela se soltava sem fingir, confiando que não havia um restinho de sobriedade nele capaz de se lembrar disso no outro dia.

Nessa noite, depois de colocar o Filho no berço, ela derrubou mais algumas lágrimas, só que dessa vez no próprio travesseiro. Mandou uma mensagem para o tio quando se recompôs, perguntando por que ele não atendia suas ligações, pedindo que parasse de bobagem, tinham combinado deixar para lá, e ela precisava tanto conversar de verdade com alguém.

A mãe dela já tinha comentado, nas raras visitas que fazia, que aquela criança tinha *alguma coisa*.

Que deselegante falar assim, Fanta disse. Ou não, talvez ela só tenha pensado em dizer, desistindo a tempo, conseguindo antecipar a resposta dela:

Agora, pra vocês, não se pode falar nada, tudo que a gente fala é errado, tem que andar pisando em ovos, se não quer ouvir é só não me convidar pra vir.

Quem sabe Fanta tenha ouvido mesmo a mãe dizer isso.

A mãe de Fanta costumava dizer que os sonhos existem para nos dar a chance de fazer as pazes com acontecimentos terríveis, os que já vivemos e os que ainda vamos viver. *Não é uma coisa boa de ouvir*, Fanta pensava. Quando tivesse um filho, se tivesse um, não falaria *assim* com ele, ou com ela, assim com esse tom que podia meter medo. Quando chegasse a sua vez, trataria de não deixar sugerido que coisas tão ruins assim vão acontecer. Parecia decretar. Claro que coisas ruins podem acontecer com qualquer um, mas não quer dizer que vão mesmo acontecer, e uma mãe devia espantar essas ideias da nossa cabeça, do mesmo modo que se afasta um mosquitinho quando estamos velando o sono de um bebê que ainda não aprendeu a fazer isso por si mesmo. Ela podia imaginar a si mesma cuidando da criança que um dia será sua, fazendo por ela isso e muito mais.

Muito mais.

A mãe era uma mulher que abandonou uma carreira muito promissora para se dedicar ao trabalho como Obreira na igreja. A própria Fanta jamais faria o mesmo, achava. Sua cabeça ia lá na frente; não demoraria, e o futuro pediria algumas decisões como aquela. Ainda tinha algum tempo para tentar, a seu modo, conciliar o talento com a missão. A mãe parecia algo ressentida, um ressentimento indefinido, mas ali, sempre ali, até quando não se mostrava, como essas lentes de óculos que só ficam escuras quando são tocadas pela luz.

Fanta queria as duas coisas: realização pessoal e se engajar no trabalho coletivo da Igreja, a Igreja que estende o amor de Cristo a quem se arrepende e se torna aberto para recebê-lo. Mas nenhuma anulação; ela não estava disposta a nenhuma anulação.

O que ele, o Filho dela, dizia — e ela não tem tanta certeza, mas gosta de acreditar que foi a primeira frase realmente *dele*, composta por *ele*, e não a ecolalia, a repetição vazia das frases que ouvia — era:

Não encosta em mim.

O que posso fazer, ela se perguntava.

Foi chamada na escola porque o Filho, acreditavam, não podia mais estudar lá. Era uma coisa ruim de se ouvir e pior ainda de se constatar.

Seu Filho não pode mais ficar aqui. Desculpa, nós não sabemos como lidar com ele. Não temos como. Está além das nossas capacidades. Seria melhor para ele e para você um outro lugar. Etc.

Que outro lugar, Fanta se perguntava. E o que posso fazer?

Estava complicado, e ela não tinha mais ninguém com quem contar. Saiu de casa na primeira oportunidade, e isso não era perdoável para os pais dela, para quem o perdão era tão importante, porque era o perdão que nos deixava em condições de receber a graça imerecida da salvação. Ela não seria salva. Não se importava.

O guri começou a perguntar por que não tinha pai. Ela já não lembra se esses eventos ocorreram de fato na mesma época, mas tem a impressão. Tem agora mais impressões do que lembranças. Tem a impressão de nunca ter lhe contado sobre essa história de pai. De ter dado seu jeito para que ele fosse deixando para lá quando era criança e fosse se ressentindo dessa enrolação quando ficou mais velho. Quando ele reunia coragem para tocar no assunto, era para dizer que nem ligava mais, agora era tarde, mas ele não esqueceria que ela escolheu não lhe dizer nada quando ainda não era. Quando havia tempo. Quando ele gostava da ideia de ter tempo pela frente.

Quero morar sozinha, Fanta comunicou.

Tu não pode te sustentar, o pai dela disse.

Não. Mas tu pode me sustentar longe daqui. Vai dar no mesmo.

Não vai.

Eles saíram da Igreja depois que as cenas de Fanta com a guria na praia se espalharam pela congregação. Alguns membros as assistiram, depois que elas chegaram até o Pastor. Fanta tinha ficado feliz. Estavam assistindo a um filme que ela havia feito.

Depois os pais se mudaram. Foram morar em uma cidadezinha onde seu pai já tinha trabalhado, vendendo espaço de publicidade em uma lista telefônica. Eles conheciam só algumas pessoas, e nenhuma delas era evangélica. Facilitou. Tentaram congregar em uma comunidade pequena, mas perderam a vontade depois de alguns cultos, alegando que agora, com essa situação, eles não iriam mais falar de religião com Fanta.

Nem de Deus?, Fanta perguntou. São coisas diferentes, ela disse.

Permitiram que Fanta fosse morar sozinha, só que em um apartamento alugado, porque a casa da família seria vendida. Ela teria direito a parte do valor e que aproveitasse para encaminhar a sua vida e andar com as próprias pernas porque eles estavam exaustos.

Emocionalmente exaustos, o pai dela disse. A partir de agora tu te vira. Era o que tu queria, não era? *Decisões*. Tu vai ter que tomar muitas delas daqui pra frente.

Vi um filme hoje, o pai dela disse.

É? Qual?

O pai contou a ela sobre o que era o filme. Ela se assustou. Não reconhecia aquela ironia, aquela teatralidade, aquela perversidade. O discurso lapidado e encenado para arrancar dela — o quê? Confissão? Culpa? Arrependimento? A admissão de que merecia pagar pelo que fez?

Muitos e muitos anos mais tarde, Fanta vai fazer análise. Ela já vai ter lido o que Freud escreveu sobre a fantasia da filha em se casar com o pai. Vai falar de sonhos. Vai narrar o que conseguir narrar. Vai achar que tudo não passa de bobagem. Vai se lembrar de uma cena que ela protagonizou mas que nunca pôde assistir pelos olhos do pai, assistindo ao filme diante de outros pais da igreja e do Pastor, pensando que aquela ali era a filha dele. Ela nunca vai conseguir narrar esse tipo de coisa na análise. Nem admitir que existe.

Se tu meditar sobre as palavras que acabou de me dizer, vai ver que não passam de bobagens, ela disse.

Meditar? Mas que caralho, Fanta, o pai respondeu. Quero conversar contigo, não ouvir uma pregação. Não me vem com esse papo.

Ela nunca vira o pai dizer palavra assim. Palavra que agora ela passará a achar que ouve na rua. Sem explicações, essa palavra ficará rodopiando dentro da cabeça dela, às vezes quase escapando pelos ouvidos.

Quanto mais pensar, pior será.

Como esta imagem, que chegou agora, vinda da luz: Adora sentada entre as pernas dela, as costas apoiadas no peito de Fanta, os cachos do cabelo da guria como uma mola perto dos seus lábios, a meia furada que ela exibe com constrangimento e sobre a qual pede para não reparar, mas Fanta repara mesmo assim.

A lembrança justo no momento em que ela discutia com o pai — bem-aventurados os que não mandam os pais para a casa do caralho.

Um pai rodopiando dentro dos cachos de Adora.

Tornou-se mãe em Capão da Canoa, litoral do Rio Grande do Sul e cenário do seu primeiro filme. Não devia ter viajado para filmar lá naquele momento. Lidava com sua estreia em longas. Tornar-se mãe na fase de pré-produção foi um acidente, mas seria um acidente em qualquer fase, do filme ou da vida. E agora ela via as duas coisas assumirem uma estranha e improvável simbiose, que Fanta gostava de ver crescer. O modo errático com que construía seu trabalho era uma extensão de como ela vinha tocando todo o resto, então uma coisa puxava a outra e depois se confundiam.

Durante toda a infância e adolescência ela fantasiou com este momento: esperar por um bebê. Pouco importa que suas fantasias tenham errado em tudo quando ela pensa nas circunstâncias que formam o amplo quadro do qual esse bebê, o Filho dela, é o centro. Ela não está casada com um *irmão em Cristo*, ela não forma com esse irmão em Cristo uma família que é o *plano de Deus* para a vida deles, ela não desfruta do suposto privilégio que é ter um homem *separado* para ela, ela nem mesmo entende que *o amor é uma escolha* — secretamente, tem pavor dessa ideia. Se amar é escolha, bem, escolheria não amar ninguém. Esse era o problema. Era a nossa salvação também, como foi ensinada, e esse era outro problema.

São tantas coisas que afastam um filho de uma mãe e uma mãe de um filho, coisas mínimas e minimizadas, que ocupam cada espacinho de tempo que nós mesmos criamos ao tentar entender o outro, e seria tolice Fanta apontar uma só razão, dar um nome a ela como se dá um diagnóstico para uma criança que lê cedo demais e que não consegue brincar de faz de conta — do mesmo jeito que ela ouviu, depois de exaustivas e confusas consultas com uma ampla gama de profissionais da saúde, que o Filho dela tinha hiperlexia, um diagnóstico que podia, se fosse tola, ser evocado para explicar cada uma dessas coisas. O medo de Fanta, no entanto, era que o diagnóstico fosse só um aviso do que era inexplicável, e o que não podia ser explicado eram as palavras do tio dela.

Por que Fanta se agarrava tanto às palavras do tio e ignorava as que ela dizia para o Filho? Essa pergunta é a bíblia interna dela, uma frase que gestava outras, todas gravadas na tábua do seu cérebro — a voz que ela vai ouvir e que, com seu consentimento, se tornará outras vozes, vozes que serão um lembrete e também uma oração, vozes que ela vai reconhecer ou apenas intuir seus donos. Quem está falando ou onde ela leu. Vai conversar com elas, sem dúvida vai.

Tu vai ficar sozinho, Fanta dizia.

Ela estava ressentida. Mas não importa.

A sede da igreja ficava a pouco mais de um quilômetro da casa dela, e Fanta gostava de fazer o caminho a pé, recusando todas as ofertas de carona pelo caminho. Eram muitas, levando em conta a curta distância, irmãos que paravam e diziam ter espaço no carro, e ela dizia que não, obrigada, gosto de caminhar, assim vou pensando.

Fanta vai falando com Deus, uma irmã dizia. Essa mulher era a responsável pela pequena biblioteca da congregação, que funcionava apenas aos domingos, por meia hora, assim que o culto terminava. Fanta frequentava a biblioteca desde muito pequena. O espaço kids, com atividades para as crianças enquanto os pais ouviam o pregador da noite, ficava ao lado da biblioteca, e a Profê às vezes trazia de lá alguns livros de histórias bíblicas para as aulas, de modo que Fanta cresceu pertinho dessa mulher e dos livros dos quais ela cuidava, exercendo a função — sem chamar a atenção para si e sem almejar outras posições dentro da Igreja, o que não escapou a uma Fanta adolescente, que então passou a admirá-la — até a sua morte. O nome dela era Mariana.

Mariana morreu de repente, dormiu e não acordou, não apareceu no culto nem avisou ninguém, e alguns dias se passaram até que alguém se prontificou a procurá-la na casa em que morava sozinha, encontrando o corpo na cama. As cobertas disseram que não houve desespero — se houve, foi mais como um pesadelo calmo, um terror íntimo que não sobe à superfície.

Fanta estava para assumir como Líder dos Jovens. Ela estava em alta conta com as lideranças da Igreja, e então foi convidada a passar um pente-fino na biblioteca, separando o joio do trigo, brincou o Pastor. Se ela soubesse que quando conseguisse ser mãe — a maior alegria em que conseguia pensar — desenvolveria verdadeira aversão a livros, talvez enxergasse alguma graça no trabalho, daquele tipo de graça que faz a gente pensar: *Poxa, como a vida dá voltas*.

Escolheu um sábado pela manhã para dar conta da tarefa.

Seria bom ter alguém para conversar durante o dia que, ela esperava, passaria lá. Pensou em convidar não *alguém*, é impreciso colocar as coisas dessa forma. Fanta pensou em convidar uma pessoa específica para lhe fazer companhia; teve mesmo vontade de ter essa pessoa ali com ela, mas também pensou que convidar uma recém-chegada não era lá muito lógico, e poderia ser visto como outra coisa. Era essa outra coisa que ela queria e não queria; as duas coisas.

Tu vai acabar sozinho.

Ela tinha raiva. Não importa.

Não me toca, ele dizia.

Sou tua mãe, ela respondia.

Sim, mas não precisa encostar em mim. É minha mãe, e não é por isso que pode chegar assim tão perto. Sai de perto um pouco.

Pois muito bem, se não quer que te toque, para de cagar nas calças, ela disse um dia.

Depois chorou, e o choro parecia em resposta não à aversão do Filho, e sim à menção calculada da ofensa: deliberadamente quis constranger o Filho, e isso não se faz, esse tipo de coisa não se faz com o pobrezinho que não tem culpa de ser assim. E então o abraçava meio à força, o envolvia com as lágrimas quentes, e, nesse momento, talvez por pena ou também por culpa, ele se deixava abraçar.

Ler cada um daqueles títulos da biblioteca causou em Fanta uma tristeza que, embora se apresentasse com suas características de sempre, deixava um rastro de— era como se a tristeza existisse, e existisse *também* por culpa de Fanta e das pessoas que ela aprendeu a chamar de irmãos, até aqueles de quem não gostava (eram muitos). Ela se sentia religiosamente responsável pela existência de pessoas como ela, para quem esses livros eram escritos, e que os liam com obstinação.

Que se lesse buscando consolo era compreensível. Fanta lia para se consolar. Agora essa constatação brilhou para ela, entre tufos de poeira e sobrenomes que não conhecia, embora conhecesse seus donos, estampados em fichas de arquivo em que passava os olhos balançando a cabeça, às vezes sorrindo, aprovando sua antipatia por eles.

Que aqueles livros existissem e fossem lidos para uma educação espiritual que prometia favores, prosperidade, hierarquias de relacionamento em que os homens ocupavam o topo da pirâmide dos relacionamentos e das decisões institucionais, subjugando as mulheres— e Fanta achou melhor parar por aí e colocar aqui um "etc.", era não só incompreensível como *errado, muito errado*; *tão errado* que Fanta não conseguia apontar por que era errado. Aquele errado era mais como um espírito ruim que, ela tinha de admitir, se alimentava e crescia justamente quando ela estava ali onde estava, na igreja, ou reunida com a igreja, onde dois ou mais reunidos em meu nome ali Eu estarei, dizia a Palavra, segundo os pastores. Como esse era um pensamento tão difícil de admitir — porque se o admitisse ela estaria permitindo que ele se desdobrasse em outros, o que por sua vez a levaria a dar vazão a sentimentos que naquele momento ela também se culpava por sentir e que julgava melhor sufocar —, Fanta se concentrou no trabalho a ser feito, separando os livros pelo seu bom estado, descartando os piorzinhos e um ou outro *errado demais* para deixar passar.

E então ela bateu o olho em um título que logo capturou sua atenção: *Esconder nossos filhos em Deus*. Separou o exemplar, obedecendo a uma intuição, ou a uma voz, ou às duas coisas.

Exausta e sentindo o nariz cada vez mais congestionado pelo pó dos livros, quis dar um tempo. Tinha terminado de revisar todas as estantes e agora só restava um armário, que ficava trancado. Depois de testar o molho de chaves que recebera do Pastor, verificou que uma delas o abria. *Melhor matar isso agora*, pensou. Constatou que o armário era usado para guardar Bíblias, peças de roupa de frio, um projetor, uma CPU velha, um monitor ainda mais velho, banners e, bem lá embaixo, soterrada pelas roupas, uma caixa não muito grande. Nada que interessava ao trabalho dela ali.

Mas a caixa. A mesma intuição, ou a mesma voz, ou as duas coisas — abra, dizia. Fanta obedeceu outra vez, e lá dentro encontrou dois livros, os dois revestidos por um papel pardo, escondendo a capa original. Deu uma folheada e reconheceu o nome da autora: Hilda Hilst. Nunca tinha lido nada dela, mas se lembrava de ver o nome em jornais, revistas, até na TV, talvez na escola também. Eram livros de poesia, e alguns poemas tinham sido sublinhados. Fanta leu esses, à medida que o seu coração permitia, porque— dá para imaginar, e Fanta também imaginou, e gostou do que estava fazendo, lendo e imaginando. Rápido, ela fechou a caixa, deixou tudo como estava, mas decidiu que ficaria com os livros de Hilda. Seriam de Mariana? Ela andava lendo esse tipo de coisa? Ela havia riscado os seus poemas preferidos? Guardou os dois na mochila, junto do exemplar de *Esconder nossos filhos em Deus*. Pensaria em tudo isso depois.

Foi lá fora respirar um pouco. Em uma hora, os primeiros jovens começariam a chegar para o culto. Ficou brincando com o chaveiro em formato de lua, girando a lua na palma da mão, enquanto o sol no céu caía e seguia esquentando o mundo.

Que Filho fui ter, dizia a si mesma, parecendo mesmo incrédula que a criança fosse sua, obra sua, vontade sua.

Ela quis. Ela que se lembre todos os dias disso: ela quis. E como quis.

Para algumas pessoas dá, para outras pessoas não dá, Fanta, ainda podia ouvir o tio dizer. Então aqui estava esse Filho, invenção sua, contra todos os avisos que ele tentou dar.

O que é errado também é tão maleável. Dava para fazer o que você quisesse com um erro. Basta admitir — pode ser apenas para si mesmo — que o cometeu. Assim você o tem entre os dedos. Se o molda o bastante, um erro pode ser o subterfúgio de que qualquer um de nós precisa, em algum momento, para obrigar o corpo a dormir e acordar pronto para um novo dia. Justificados — é o que somos, não? Foi para isso que Jesus foi pregado em dois pedaços de madeira, o corpo moldado por ela em cruz, sem poder evitar esse gesto, por certo um gesto de amor, por certo um gesto de angústia.

Fanta queria tirar essas coisas da cabeça, fingir que a história mais conhecida do mundo não existia, não para ela.

Entregar um filho em sacrifício, que horror. Era sua primeira impressão da maternidade.

Primeiras impressões: o que elas significavam mesmo? Quando examinava as suas, as que guardava consigo, formulava a teoria de que primeiras impressões são como ondas: elas oscilam — às vezes as confirmamos, às vezes as recusamos, mas sempre vão ganhar sua forma final e quebrar em alguma praia, em cima de algo ou de alguém, levando junto destroços, animais vivos e mortos, espuma, brincos e correntinhas, calções de banho, peças de biquíni. Elas arrastam uma parte de nós para outro lugar. Não tem como evitar.

A guria nova chegou primeiro, antes de todo o grupo. Podia ser por nervosismo, ansiedade. Talvez ela só tenha se enganado com relação ao horário. Fanta estava feliz e irritada, de todo modo, ao vê-la ali, surgindo do mesmo lado da rua em que o sol ainda lhe garantia que era dia, e não noite, e não horário de culto. Ela teria que improvisar assuntos para uma conversa que não estava preparada para ter. Não estar preparada, no entanto, despertou nela uma sensação gelada na nuca, um geladinho que foi irradiando para baixo, descendo suas costas, e ela estava despreparada e mole. Era bom. Era tão bom. Do mesmo modo que não sabia explicar os livros errados, não sabia dizer por que era tão bom. Estava ali para que fosse bom, Fanta sentia isso.

Ah, oi. Chegou cedinho. Bem cedo, quer dizer, Fanta disse.

Me falaram que tu estaria por aqui. É que fico ansiosa de chegar depois e ter que cumprimentar todo mundo. Dar oi só pra ti é mais fácil. Oi.

Entendo total.

Eu até trouxe uma coisa pra me ajudar, caso precisasse. Só tá tu aqui, né?

Aham, Fanta respondeu.

Só pra garantir.

Ela tirou a mochila dos ombros, abriu e convidou Fanta a olhar lá dentro. Duas garrafinhas verdes e orvalhadas.

Tu trouxe cerveja? Pro culto?

Não. Pra *antes* do culto.

Caralho, Fanta deixou escapar.

Quer tomar comigo?

Ela queria, queria mesmo. Ponderou que era o último culto dos jovens antes de assumir oficialmente como líder. Se fosse aceitável beber antes do culto, teria que ser hoje. A moleza manifestou sua vontade também, como se dissesse que ficaria mais um tempo se Fanta bebesse a cerveja com a guria nova.

Vai pegar muito mal se eu disser que sim?

Ninguém precisa saber.

Mas eu não te conheço bem e não sei se posso—

Acho que tu já disse que sim, agora é um pouco tarde.

Tá, tu tem razão. Então eu quero. Só não pode ser aqui. Escuta, preciso pegar minha mochila, e aí a gente pode ir ali no final da rua e fazer o que ninguém precisa saber, e depois voltar a tempo de eu abrir a igreja pra receber as pessoas pro culto. Pode ser?

Vai lá. Eu te espero.

Espero que tu tenha chiclete também, Fanta disse. Estava sorrindo, mais nervosa que simpática. Quero te mostrar uma coisa, ela não disse. Mas pensou em dizer, só achou melhor não, e preferiu ter mais tempo para decidir se mostraria os livros ou guardaria para si aquela história.

Talvez. Talvez eu tenha.

Ela bebia vinho muito de vez em quando, em casa com os pais, ou uma taça de espumante no Ano-Novo. Era o consumo de álcool a que estava habituada, e quando seus amigos se reuniam para beber escondido, ela se perguntava se não devia fazer o mesmo. Uma parte dela, na verdade, se ressentia de não ser convidada. Esse era um impeditivo. Eles não chegavam a fazer grandes manobras para evitar o assunto diante dela, embora ela tenha percebido uma ou outra vez desconversas que recebeu como despiste, mas também não faziam a menor questão de tentar incluí-la em suas bebedeiras inaugurais de vodca e Tang de limão. O outro impeditivo tinha a ver com o primeiro, porque Fanta não sabia se eles tinham medo de convidar para beber a menina vista como a pupila dos olhos da Igreja, o modelo de santidade que eles tinham, ou se não o faziam por respeito à história do tio dela.

Ao histórico do tio dela, melhor dizer, um histórico de bêbado que ela não suportava que existisse para as outras pessoas, como se o problema do tio com o álcool fosse uma falha vergonhosa demais para ser admitida sem constrangimento fora do círculo íntimo da família.

Não era sabido que todos nós carregamos a nossa cruz? Que ninguém pode carregá-la por nós? Que caberia a cada um enfrentar suas batalhas a caminho da Redenção, mirando sempre o exemplo de Jesus, que sofreu mais que todos e ainda assim sentiu o que era uma tentação e foi lá e fez o que tinha que fazer?

Fanta não devia se envergonhar, mas se envergonhava, e muito, e não podia fazer nada a respeito. Apenas pensava que os amigos, em benevolente *consideração*, a privavam dos prazeres do álcool na juventude, prazeres que gostaria de experimentar, mas não exatamente com eles.

Uma coisa em que Fanta gostava de pensar era na fantasia de se mudar para outra cidade bem distante de Porto Alegre, bem distante de qualquer cidade que abrigava alguém que a conhecesse, e ali existir como uma guria que não precisasse se manter na linha e exibir como virtude sua vida de crente, deixando-se conhecer por novos amigos como uma Fanta aberta ao mundo, ao Mundo ao qual a igreja insistia em se referir como um universo profano, a ponto de beber o quanto e quando quisesse e beijar quem quisesse e até mesmo transar com quem quisesse, todas as vezes que quisesse, sem que fosse necessário assumir um casamento, essa aliança que ela teria que sustentar até o fim da vida, e ela nem sabia como fazer esse tipo de escolha definitiva sem se arrepender. Ser obrigada a escolher *já era* um arrependimento.

É verdade que todas essas coisas que povoavam sua cabeça acabaram por convencê-la de que não devia beber e que o álcool, para ela, não figurava apenas como um pecado, mas assumia a forma diabólica de um destino trágico do qual, se tomasse o primeiro porre, não conseguiria escapar. A bebida era o tio dela, e ela olhava para o tio com um amor tão devoto que não queria se tornar o que ele se tornou.

Antes da cerveja, elas tomaram café juntas.

Nenhuma outra pessoa na sala, só a guria nova. Nem a professora da escola dominical havia chegado ainda, que na época estava lidando com o tratamento complicado de um câncer mas que costumava estar sempre ali a despeito de qualquer complicação.

Fanta disse oi. Trazia a Bíblia debaixo do braço e quando pensou nisso de repente não quis estar mais com a Bíblia (ali onde estava ou em qualquer outra parte).

Oiee, a guria disse, e Fanta ouviu o cumprimento como se o lesse numa conversa pelo celular, e isso a irritou. Era uma vontade de ser aceita que Fanta logo reconheceu e que decidiu não retribuir, pelo menos não agora, sem que os outros pudessem testemunhar.

Fanta então virou de costas e largou a Bíblia ao lado de uma térmica vestida com um crochê em que se lia: "Vinde a mim". Quando ia afundar o dedo na tampa e esguichar café dentro do copo descartável, a novata informou o seguinte:

Aquela mulher que cuida da igreja acabou de deixar a garrafa aqui. Foi ela quem abriu pra mim, a propósito.

A propósito, o nome dela é Eloane. E obrigada por avisar do café. Tu quer também?, tentou remediar a rispidez desnecessária.

Ahn, tá, pode ser, a guria respondeu. Pode me chamar de Adora.

Essa indecisão para responder a uma pergunta simples: dá para dizer que Fanta gostou disso? Dá, sim.

Adora?, ela perguntou. Esse é teu nome mesmo?

Apelido. Longa história. Mas não é tão óbvia assim quanto parece. Eu sei que parece.

* * *

Elas caminharam quase em silêncio pela rua esburacada, de areião batido, com a luz de outono de Porto Alegre modulando o entardecer como se caminhassem pelo deserto, o anúncio da noite fria que vem substituir o dia quente. Adora exibia uma vontade de rir no cantinho da boca, como se a cena que as duas protagonizavam fosse inverossímil demais para que pudesse acreditar, e a graça devia estar em não poder fazer esse comentário para Fanta. Lá no fim da rua, um emaranhado de árvores frondosas guardava alguns bancos, um escorregador enferrujado e uma daquelas geringonças que ficam girando e dando tonturas e náuseas.

Meio que não sei direito por que eu tô aqui, Fanta disse. Ela se sentou na geringonça e a impulsionou de leve com a ponta do pé.

É o que eu sinto quando acordo, Adora respondeu. Ela sorriu meio sem graça e foi sentar de frente para Fanta, e a roda estava dividida em uma linha reta formada pelas duas.

Acho que era pra eu estar em outro lugar. Lá. Onde esperam que eu esteja.

Adora não disse nada, mas abriu a mochila, retirou as cervejas de lá e alcançou a de Fanta.

Melhor parar de girar, Fanta disse e girou a sua tampinha.

Melhor eu ir sentar aí do teu lado, Adora respondeu. Ela se acomodou e bateu a garrafa na de Fanta. A gente tinha que brindar.

Fanta deu o primeiro gole e, como não soube o que dizer, deu o segundo e o terceiro, curtos mas rápidos. Adora disse que ainda estava geladinha.

Por que tu foi pegar tua mochila? O que tem de importante aí? Cerveja também?, ela disse.

Uns livros. Eu tava organizando a biblioteca, o Pastor me pediu. E aí achei uns livros meio sei lá. Peguei pra mim. Ninguém vai notar. E aqui tô eu confessando outro comportamento duvidoso.

Para. Posso ver? Os livros.

Hm. Tá.

Fanta tirou a mochila dos ombros e enfiou a mão e tirou de lá só os livros de poesia. O outro não.

Um raio de sol bateu de frente no olho de Fanta e ela se atentou ao horário, entregando os livros para Adora. Estavam na metade das cervejas. Fanta pensou que o horário que se foda. O culto que se foda. Ela deu mais um gole e disse que tinha dinheiro e que podiam comprar outra cerveja depois dessa, tinham passado por um mercadinho a caminho dali.

Adora leu o nome da autora ao virar as primeiras páginas e disse que aquela mulher era do caralho. Mas largou os exemplares de lado, voltou a pegar a sua cerveja, e agora Fanta experimentou algo novo e ainda sem nome quando sentiu o braço dela encostar no seu, os pelinhos dourados, excitados e inchados rente à pele.

Fanta começou a girar lentamente no brinquedo.

Adora tinha colocado as duas para girar.

A minha vai acabar, Fanta disse.

Só mais um pouquinho, Adora respondeu.

Fanta desistiu do curso de história da arte ainda no primeiro semestre, espantada pelo fato de o mundo ser tão diferente do que sua formação permitiu descobrir. Pensou em pedir transferência para artes visuais, solicitou e recebeu a lista dos documentos necessários — seria uma tentativa de seguir na área das artes, com um semestre a mais para assimilar as coisas —, mas achou melhor não. Achou menos pior ir para o curso de cinema e não pensar mais no assunto, como quem esquece a merda que fez, bêbado, na noite anterior. Não queria nem ter a chance de mudar de ideia. Era justamente o contrário: Fanta estava começando a tomar gosto pelas decisões irreversíveis. Gostava de lidar com o que escolhia para si, como se cada decisão fosse uma tatuagem na parte de trás do coração. Não podia baixar os olhos e dar com elas, mas tinha verdadeiro amor pela responsabilidade de escolher.

Sabia manipular bem programas de edição de imagens, um pouco rudimentares naquela época, e começou a brincar produzindo pequenos filmes caseiros, histórias que não seguiam nenhum roteiro ou lógica pré-estabelecida, eram mais montagens que Fanta produzia com os registros aleatórios capturados pela câmera de vídeo comprada pelos pais para registrar o próprio casamento, que ao final do processo ganhavam uma vivacidade que poderia ser descrita como impressionante, fato que a estimulou a continuar com aquilo, tornando a montagem dos filmes uma atividade que passou a adorar, um motivo para apagar o que vinha na sua cabeça e se envolver por inteiro naquelas histórias que nasciam e morriam num intervalo de um, dois, três dias.

Na carta para convidá-la a assumir o ministério, que se tornou pública antes mesmo de Fanta recebê-la, o presidente mencionava que havia consultado membros da congregação da qual ela fizera parte e que esses membros garantiram que, nas palavras que gelaram sua nuca e depois a fizeram gargalhar, sua presença era estimada em todas as atividades da igreja e seu espírito se manifestava aberto e sensível aos desígnios do Senhor e do tempo das suas Promessas. A palavra *sensível* aparecia na carta mais vezes do que qualquer manual de boa escrita podia estipular como indesejável. Também eram elencados os longas que Fanta dirigira, ainda que o texto gentilmente ocultasse o fato — por sua vez não ocultado pelos membros da antiga congregação dela consultados — de que Fanta havia protagonizado um incidente quando lá congregava, próprio da juventude, pelo qual certamente estaria arrependida e há muito perdoada e redimida. Era uma líder nata, o texto completava, e nos deixou apenas porque os pais precisaram mudar de cidade, o que era meia-verdade, porque Fanta não se mudou com os pais, e porque os pais só se mudaram devido ao falatório sobre o filme, e porque, fosse como fosse, ela não gostava mais de igreja e se permitiu pensar que desse Deus ela certamente não queria mais ouvir falar e muito menos ter com Ele qualquer conversa. Inventaria outro, o que foi ocultado de todos os documentos e de toda verbalização por parte de Fanta, que ficou com essa ideia só para ela, dentro dela, acomodada em cada célula do seu corpo, o que bastava. Era o que bastava.

Ela fazia filmes. Não importava se sua vida estivesse indo de mal a pior, como geralmente estava, ela fazia seus filmes. Com poucos recursos, com muita entrega. Fazia filmes porque era o que sabia fazer e porque era a única coisa que não se incomodava de fazer. Todos os trabalhos que pegou na vida deixaram Fanta estarrecida de tédio e depois das duas primeiras semanas desejava ser fulminada por um câncer para não precisar ir para o trabalho no outro dia. Respirar e fazer filmes, dormir e fazer filmes, mijar, cagar, comer e fazer filmes. Quase uma necessidade fisiológica. Não achava que precisava fazer filmes, não achava que precisava de nada, para falar a verdade. Mas fazia filmes com a mesma naturalidade e inconsciência com que enchia os pulmões ou abria o cu.

Se lesse essas baboseiras sobre a facilidade com que fazia seus filmes, reviraria os olhos, faria um ruído de desdém, largaria um *Não comece a florear as histórias, caralho*. Era avessa a buscar a beleza das coisas. Preferia que o que fosse bonito se mostrasse como era, e que cada um encontrasse o que quer que estivesse procurando sem ajudinhas condescendentes da parte de quem filma ou de quem escreve.

Ela escrevia os filmes. Escrevia em folhas de cadernos pautadas, folhas que não tinha nenhum juízo ou nenhuma cerimônia para organizar, viviam atiradas, embaralhadas, amassadas, manchadas, rasuradas, rasgadas e, claro, perdidas e esquecidas. E também escrevia no primeiro computador que viu na vida, presente do tio. O sistema operacional era um Windows 95 que funcionava às mil maravilhas, o que fez Fanta gostar de batucar o teclado, pois da máquina de escrever não gostava; nunca gostou do tanto de barulho que aquilo fazia para que fosse possível registrar uma ideia — barulho e escrever eram coisas antagônicas, não apenas no que diz respeito ao ato de escrever, mas também da mania insuportável que ela percebia nos meios literário e cinematográfico, da gritaria que todos faziam sobre o próprio trabalho, o que dava a entender que a cabeça responsável pelos trabalhos era mais importante que os trabalhos em si, e com isso ela não ficava à vontade; discordava dessa ideia com todas as possibilidades não só racionais que podia empregar nisso, mas também *fisicamente*, com todo o seu corpo.

Foi a primeira da família a concluir um curso de ensino superior. Tinha orgulho mas também vergonha disso. Parecia habitar um espaço invisível em que seria mal compreendida pelas pessoas de qualquer lado para o qual pudesse pender. Percebeu durante os anos da graduação todos os olhares reprovadores que recebem os que ocupam espaços que antes só ocupariam eventualmente — e em outro contexto: para trabalhar em um dos cafés da universidade, para apenas atalhar pelo campus e chegar a tempo de pegar o ônibus do outro lado da avenida Ipiranga, para ver se seria possível, quem sabe, retirar livros da biblioteca mesmo sem ter qualquer vínculo com aquela instituição.

Desenvolveu uma consciência dessa sua situação, e essa consciência às vezes era um estímulo e às vezes lhe dizia que aquilo tudo era meio que em vão. Não é que ela se comprometesse em tirar apenas notas acima de oito, por exemplo, para ser jubilada na colação de grau. As notas, para ela, não passavam de mera formalidade. Tinha uma certeza muito cristalina do que queria fazer da vida, de modo que seu currículo acadêmico não tinha força para fazê-la duvidar de si mesma. Mas também reconhecia o quanto desejava esfregar as boas notas e os elogios que recebia na cara de algumas pessoas. Não suportava pensar que por algum motivo as pessoas que lhe dirigiam aquele olhar tivessem como saber de suas inclinações para não acordar, para não estar nos lugares na hora que precisava estar, para fugir de qualquer compromisso sempre que via saída a seu alcance.

Fanta era arredia com convenções sociais e pouco afeita a disciplinas, mas desde cedo sabia que o lugar de onde vinha criava suas próprias regras e convenções — menos para quem vem de lá, mais para os outros — e que portanto ela não podia, de maneira nenhuma, vacilar. Era uma das coisas que não gostava sobre si mesma — todo esse arranjo —, mas era assim que as coisas eram.

O seu trabalho de conclusão de curso foi um curta-metragem filmado em Viamão, em algum ponto da estrada da Branquinha, depois de um armazém que parecia construído para ninguém, antes de o caminho se transformar de novo, como um círculo, em uma rota para Porto Alegre.

Conhecia o lugar de uma ocupação clandestina de terras da qual o tio fez parte, arrendando um terreno do tamanho de uma quadra de futebol de salão e construindo ali uma água-furtada que de tão mal erguida parecia guardar a promessa de só aguentar a próxima tempestade e mais nenhuma. Seus pais visitavam o tio pelo menos uma vez a cada dois meses, cuidando para levar a quantidade exata de mantimentos que ainda podia ser classificada apenas como cortesia de visita, e não a ponto de constrangê-lo tornando evidente sua condição de necessitado. Uma vez, num inverno, deram ao tio dois garrafões de vinho de cinco litros, desses artesanais de beira de estrada, comprados pelo caminho e com a única intenção de deixá-lo menos sozinho, e Fanta teve a impressão de que ele ficou a ponto de chorar com o presente.

O curta contava a história da comunidade como se fosse a biografia daquela vilinha, a partir da qual Fanta almejava construir um panorama mais amplo de outras ocupações, pincelando os dramas particulares com doses de engajamento político ao dar voz não só a moradores, mas também a movimentos sociais que brigavam por acesso à moradia. Um projeto pretensioso, mas realizável, o tipo de trabalho visto como necessário pela universidade, encorajado por professores e criticado por certos colegas que acusavam a abordagem de temas sociais como puxa-saquismo, academicismo e, pior, falta de imaginação. Fanta achava que uma coisa não anulava a outra; estava convencida de que o tema nem importava tanto assim quando a forma era admirável, esteticamente falando, ainda que ela já desconfiasse que a escolha por um tema era, claro, uma escolha estética.

O que você quer dizer com o seu filme?, a professora perguntou.

Eu? Eu não quero dizer coisa nenhuma, Fanta respondeu.

Então o que o teu filme vai tentar dizer?, a professora insistiu.

Eu espero que nada.

Meio arrogante da tua parte, não acha?

O que quero dizer é que não sou eu que tenho que ficar dizendo o que o filme diz ou não diz. Não me interessa fazer isso.

E o que te interessa?

Fazer o filme que eu quiser, pra começo de conversa. Me formar.

Que seja. Tu não vai me dar dor de cabeça, pelo visto. Respeitando a metodologia de pesquisa do artigo teórico que vai fundamentar o curta, e também as normas do trabalho e os prazos, tu te forma. Depois não vai precisar respeitar mais nada, e aí é contigo.

O que Fanta não esperava era que o trabalho de conclusão de curso a jogasse de volta para uma área de risco da sua própria intimidade. Embora o fato de ter uma casa e não lembrar de já ter passado fome — um sinal inequívoco de que não havia passado fome — a colocasse em uma realidade diferente, menos vulnerável a mazelas sociais do que a daquelas pessoas para quem ela apontava a câmera, não demorou muito para reconhecer uma afinidade com elas.

Tratava-se de uma obviedade grosseira, mas Fanta preferiu deixar de fora do seu filme. Não demorou para que ficasse claro um padrão nos discursos dos entrevistados: falava-se muito sobre o que faltava, e faltava muita coisa, e era tão difícil avançar um passinho sequer rumo a uma existência mais digna, e era tão mais fácil que os filhos daquele lugar escolhessem avançar rumo a uma existência mais digna por outro caminho, o que deixava os pais apavorados, e eles iam buscar socorro em um lugar bem específico ali dentro, um lugar que também os acolhia, e se tivessem sede davam-lhe de beber e se tivessem fome davam-lhe de comer e se tivessem frio tiravam a roupa do corpo para que vestissem e se fossem presos iriam visitá-los e se os pais morressem e os filhos ficassem órfãos os amparavam e assim também o faziam com as viúvas.

Esse lugar oferecia o que mais ninguém oferecia aos moradores dali, e oferecia de graça, o que era ainda mais raro em se tratando de gente como eles, que não se sentiam gente pelos olhos dos outros.

* * *

O retiro seria em um dos tradicionais sítios dos Hartz, que acumulavam propriedades no interior do Rio Grande do Sul e de Santa Catarina e já começavam a chegar ao Paraná. O escolhido para aquele ano: o do vô Hartz — o patriarca da família, pai de oito filhos, todos com negócios espalhados pelo Sul do país —, em Biguaçu, um município de pouco mais de quatro mil habitantes passando Florianópolis e um pouco antes de São Francisco, cidadezinha do litoral em que a família inteira tinha casas e costumava passar a temporada de verão.

Era a estreia de Fanta como líder do Grupo de Jovens. Logo em uma atividade fora dos limites de Porto Alegre.

Na segunda-feira que abria a semana do Retiro, as lideranças da Igreja foram convocadas para uma reunião com ares de emergência. Havia uma denúncia. No Ministério Público. Envolvia o sobrenome de uma das lideranças, sobrenome que também era dono de empresas, dono do sítio onde o Retiro seria realizado. Dava conta de condições de trabalho. Não lá muito legais, o pai de Fanta explicou. O Retiro teria que ser adiado. Para outra data e outro lugar.

Fanta tinha deixado o tio no Reino havia um mês. Ela havia recebido a primeira ligação dele e depois mais nada. Insistira para a mãe ligar para o lugar e pedir notícias em segredo. Eski estava bem, disseram. Ela queria ver com os próprios olhos. Não precisou pensar muito para sugerir que o Retiro fosse realizado lá. Promete, ela disse para o pai. Pode dizer que é um pedido meu.

Na quarta, o pai levou a ideia para a liderança na reunião semanal. No domingo, o Pastor a convidou a ir mais cedo para o culto, no horário em que a equipe de Louvor chegava para ensaiar. Ele disse que os custos seriam os mesmos, ambos os lugares eram em Santa Catarina. Para a liderança, em resumo, não faria diferença, e estavam dispostos a concordar em fazer o Retiro no Reino. Mas ele queria ouvir dela por que é que ela queria fazer lá. Ela havia refletido sobre como isso poderia afetar o tratamento do tio? Razões pessoais não poderiam se sobrepor ao trabalho que ela estava sendo chamada para realizar. Nem intervir nos planos de Deus para Eski.

Fanta olhava nos olhos do Pastor, desafiadora, pensando que estava na hora de as coisas serem do jeito dela. Se fosse para liderar, ela não admitiria que jogassem com ela — ela nunca deixou de perceber as outras peças se movimentando.

Eu orei, ela disse. Eu ouvi.

Muito bem. O quê?

Lembra do que Deus nos disse como igreja ao nos mudarmos?, Fanta perguntou. É parte desse momento, desse salto de fé. Ele quer mostrar aos nossos jovens alguma coisa que tem lá. Naquelas pessoas. Reunidas naquele lugar.

O Pastor sussurrou um amém quando ela terminou de falar.

Vamos orar, então, e amanhã nós ligamos pra lá e perguntamos se eles topam nos receber.

Na visita que Fanta e sua comissão fizeram à clínica — dois meses depois de deixar Eski lá — para conhecer o espaço em que passariam os quatro dias de feriadão do Retiro, o tio se manteve a distância, uma Bíblia preta enorme fazendo companhia para ele num banco. Ele havia visto quando Fanta chegou de carro, acompanhada do pai, do Pastor da sua igreja e de dois membros do Grupo de Jovens, claro que viu, e o único cumprimento que ofereceu, como uma criancinha com vergonha quando é apresentada a um adulto, foi um leve aceno de cabeça, ao mesmo tempo que desviava o olhar e caminhava em direção ao banco. *Estou sendo punida, e eu mereço*, ela pensou.

Ficou um pouco decepcionada com ele, precisava confessar, e decidiu que não partiria dela uma aproximação; ela o respeitaria e respeitaria a distância que ele estava impondo, apesar de o objetivo do grupo de jovens evangélicos que iria para lá no final de semana seguinte ser o de se aproximar dos internos e entabular uma conversa qualquer em que, na mais ínfima abertura, se tratasse do amor de Jesus.

O tio de Fanta conhecia aquele expediente, aquela estratégia; estava habituado, não na condição de interno de uma clínica para dependentes químicos, mas na condição de evangélico com incontáveis quedas e desvios. Mas o Pastor da clínica fez um movimento com a mão na direção dele, quatro dedos se distendendo e se contraindo em convite para chegar perto. Depois de um breve vacilo, em que olhou para a Bíblia como se pedisse permissão a ela, Eski se pôs de pé e começou a caminhar ao encontro do grupo, o qual Fanta já liderava — mesmo aos adultos, a guriazinha que costurava o Retiro no lugar onde o tio passava dias, que ela tentava adivinhar se eram horríveis ou tristes, ou as duas coisas —, àquela altura reunido no centro do campo de futebol da clínica.

Ao vê-lo se movimentar com todos os olhares o acompanhando, ela sentiu vontade de protegê-lo. De dizer que aquilo não era necessário. Que ele não precisava se submeter ao que quer que fosse. Que podia ficar quieto na dele. Então lembrou a única pessoa da igreja de quem gostava de verdade, e gostava de graça. Ele dizia que o verdadeiro chamado de Jesus para nós era para sermos amigos das pessoas. Nada mais que isso.

Chegou antes de todo mundo na sede da congregação, saindo de casa sem se despedir dos pais, apenas afofando atrás das orelhas de Roberto, o cachorro da família para quem ela murmurou numa voz infantil:

Eu vou voltar, vê se não sente minha falta.

Nem o ônibus tinha chegado. Ela queria esse tempo sozinha.

Estava levando a câmera profissional que retirou na universidade, convencendo a professora a assinar a autorização mesmo com muita antecedência para a entrega do próximo trabalho, ainda indefinido, sob o argumento de que não sabia quando teria outra oportunidade de fazer imagens da estrada, coisa que vinha querendo muito fazer, a propósito, ainda que não tivesse a menor ideia de como aproveitar essas imagens para a disciplina. *A professora está sobrecarregada*, Fanta pensou, *e vai fazer pouco caso, assinar a folha e virar as costas e sair andando*.

Fanta ainda estava levando para o Retiro o tênis de corrida e o caderno, o primeiro caderno que ela havia comprado para registrar suas experiências com a câmera, o que ela sentia e pensava e fazia e pensava em fazer e sentia que devia fazer quando estava filmando ou antes de filmar ou depois que filmava. Depois desse primeiro caderno viriam muitos outros. Por sorte ela vai guardá-los, todos, e um dia vai poder consultá-los. Um dia também vai ser inútil recorrer a eles, ela não os entenderá ou entenderá de outros modos, ou as duas coisas, e quem sabe uma vai completar a outra.

E dois livros. Ela levava dois livros.

Não seria melhor um hospital? Ele vai ficar bem aqui? As duas perguntas saíram uma atrás da outra, como se as duas já se soubessem dispensáveis, apenas a linguagem retórica do desespero que tenta soar coerente com o que os olhos de Fanta viam. Era o que ela devia dizer, sem dúvida. Sua cabeça processou e dispersou pelo corpo o tanto de informação que de certa forma ela intuía. Ainda sobrou tempo para pensar que ela queria estar errada, pelo menos agora, só dessa vez.

O tio fora trancado numa espécie de quartinho de ferramentas ao qual Fanta não havia sido apresentada quando viera deixá-lo. Ficava a meio caminho da trilha particular do Reino para a praia, que ela não tinha descido para reparar na outra trilhazinha para a esquerda, levando para o meio da mata na encosta do morro. Sob as árvores, envolta numa manta de sombra que os raios do sol não conseguiam alcançar, a construção cheirava, mesmo a distância, a umidade e maresia. Misturado à constante lamentação do mar, ela ouviu um raspar de uma corrente contra — antes de completar a cena, um cachorro enorme disparou de trás da casa, arrastando a corrente que o prendia a um cabo de aço esticado rente ao chão, permitindo ao animal rondar todo o cômodo. Ela estacou o passo e engoliu o que quer que tenha aparecido na garganta. O Obreiro que a guiava soltou um apito agudo com a boca, e o cachorro estranhamente se deu por satisfeito, baixando as orelhas e olhando para o chão. O homem virou e disse que era melhor Fanta esperar ali; ele traria Eski até ela e os deixaria a sós para conversarem.

Quando a porta foi aberta, destrancada por outra corrente e um cadeado, ninguém saiu de lá. O Obreiro ficou na soleira e soltou outro assobio, esse com um pouco mais de jeito. Parecia ser o segundo idioma dele. Ainda assim, nada. Fanta ouviu o homem murmurar que merda e sumir escuridão adentro. E então ele surgiu de novo, com o tio dela como se o tivessem retirado da cruz, ainda vivo, tremendo sob as asas do Obreiro.

Fanta e o tio desceram a trilha até a praia, e agora ela é que o levava. Sentia como o corpo dele de alguma forma havia diminuído, cabendo no abraço desajeitado com que ela o amparava durante o caminho. Fazia sol, mas havia chovido nos dias anteriores, e filetes de água ainda escoavam pelo morro, gotejando e escorrendo pelos sulcos na terra, em uma velocidade tão sua, sem pressa, como lavas de um vulcão.

Sabiam para onde estavam indo porque só havia um lugar para ir. Ela disse isso em voz alta? Lembrou de uns versos que a maluca a quem adorava escreveu num dos seus livros:

Estão terrivelmente sozinhos
os doidos, os tristes, os poetas.

Ela repetiu a frase para Eski, que fez um esforço para erguer os olhos do chão para encontrar os dela. Ele também lembrava. Conversavam por um telefone sem fio mudo.

Ele demorou para falar. Ela ainda tinha a habilidade de confiar no silêncio dos dois, mesmo agora, quando tinha que tirar dele alguma palavra sobre o que tinha acontecido durante esses meses em que ela o deixou lá e voltou para casa e para o projeto de vida que a igreja e seus pais haviam preparado para ela. Fanta estava entendendo, devagar, como um detetive lento de um romance policial, que tudo era uma questão de projeto. A igreja. O Grupo de Jovens. O Reino. As orações. A fé das pessoas e a capacidade que elas tinham de lutar pelo que fosse proposto se tocadas nos lugares certos, instadas a defender essa fé de qualquer inimigo, existente ou não. Um projeto que se alastrava e não parava de se expandir, como o Universo, o espaço, o tempo.

Essa praia, o cachorro cercando Eski preso no quartinho no meio da mata. Qual era o destino final desse projeto? Ela faria parte dele?

Então ele conseguiu falar. Poeta ele não era, nunca pensou que pudesse falar bonito, e era isso o que os poetas faziam, não? Doido, não; doido também não era, embora, se for parar para pensar, dói um pouquinho admitir que as pessoas, em geral, o viam assim, por causa do que conseguia fazer. Triste, isso ele era. Um pouco; às vezes muito. Estava ali no Reino por causa dessas coisas todas, percebia. Porque era doido e triste e terrivelmente sozinho.

Pelo menos não sou poeta, ele disse. Eles não fizeram por mal. Só não sabiam o que fazer. Eles não sabem o que fazer. Me colocaram lá quando eu tive a primeira crise.

Uma nuvem solitária no céu cruzou o sol, a sombra chegou ao rosto deles como se tivessem parado ali para admirar um eclipse. Fanta esperou ela passar.

Crise? Como assim crise?, ela perguntou.

Abstinência. Meu corpo e meu cérebro sentindo falta. Tu sabe. Eu não parava de me sacudir. Tive umas visões. Quer dizer, alucinações. Talvez tenha machucado alguém. Não consigo lembrar de muita coisa. Tentei fugir. Mais de uma vez, pra dizer a verdade. Quando consegui, de madrugada, passei a noite caminhando e vendo bichinho pelas estradas. De manhã eu tava desidratado, acho que desmaiei, alguém me encontrou e me trouxe de volta.

Meu Deus. Não consigo te imaginar machucando alguém.

E foi aí que me colocaram lá. Foi o jeito que encontraram. Eles querem ajudar.

Assim? Te tratando como um prisioneiro?

Calma, Fanta.

Tu quer ir embora?

Não.

Não?

Quando tava lá dentro eu tive outras crises. Me batia. Achei que tudo dentro de mim tava fervendo e borbulhando. Minha cabeça. Pensei que fosse morrer e às vezes sonhava que já tinha morrido e aquilo ali era parte de alguma fase que vem depois. Que eu tinha que aguentar.

E por que tu não quer ir embora? Deve ter outros jeitos. Tratamentos.

Escuta. Não adianta. Ir embora. Ficar. Esse ou outro tratamento. Não adianta.

Foi isso que eles te disseram? Porque—

Não. Eles dizem o que eu tô cansado de ouvir. O que eu ouvi a vida inteira. Deus tem um plano. Pra minha vida. Ele pode me libertar. Do vício. Da dependência. Da casinha. Ele teria que se livrar do cachorro antes. Sabe qual é o nome dele?

O tio virou o rosto para ela. Ele estava com aquela expressão que ela conhecia tão bem e da qual, ela percebia agora, sentia tanta saudade. Os olhos anunciavam antes. O cantinho esquerdo da boca parecia se contorcer. Então ele sorria, balançando a cabeça, como se achasse graça primeiro, antes mesmo de falar, e ela não aguentou e se deixou contaminar por ele. Ele era mais engraçado do que qualquer piada. Aquele era o espírito do tio. Tocava nela.

Profeta. O nome dele é Profeta.

Ela riu com vontade, até sentir que estava chorando. Não estava triste. Estava, de novo, sentindo que era possível, em momentos como esse, conhecer o que havia dentro de uma pessoa. Era reconfortante — havia outra pessoa no mundo capaz de fazê-la estar em paz com o fato de estar no mundo.

Lembra que eu gosto de sentir a areia geladinha?, Fanta disse. Vou até o dormitório trocar os tênis por um chinelo e pegar um livro. Encontrei ele na biblioteca da igreja. Quero te mostrar.

Eu lembro. Eski desviou o rosto do dela antes mesmo de terminar de falar, como se desviasse de uma memória vergonhosa. De cabeça baixa, usou o dedo para começar o desenho de alguma coisa na areia.

Não sai daqui, ela disse. Eu volto.

Era inverno, e a piscina do Reino estava vazia. Eles tinham a praia, ali perto, à disposição. Dava para ouvir o mar. Fanta pulou para dentro da piscina. Era como ouvir o mar de dentro de um mergulho nele. Um buraco acústico que tornava os barulhos do mundo um murmúrio. Ela convidou Adora para pular e ouvir com os próprios ouvidos. Não deviam estar ali, porque é noite e faz frio e porque passou das dez e meia, horário em que deviam estar no dormitório. Eram as regras do Retiro. Fanta devia respeitá-las e dar o exemplo aos demais, os jovens de visita no Reino, em Retiro do Grupo de Jovens.

O que o tio estaria fazendo? Estava no dormitório dele no Reino, deitado, pensando o que Fanta estaria fazendo? Ou estava em algum lugar em que não devia estar, pensando em como se esconder ainda mais e não ser visto?

Fanta ainda não havia proposto aos jovens que pensassem em um nome para o Grupo. Precisava encerrar o Retiro com um nome, uma identidade.

Vem ouvir, Fanta disse. Tem que ficar quieta e prestar atenção. Fecha os olhos.

Um baque seco quando Adora aterrissou ali dentro, e elas soltaram risadinhas que pareciam contidas havia tempo demais. Fanta lembrou que não podiam fazer barulho. Algumas coisas orgânicas cresciam na estufa de umidade, matinhos verdes trepando pelas paredes até a borda. Era a segunda noite delas no Reino, amanhã seria a última, separada para um jantar festivo com os internos, depois do culto.

Diz um nome, Fanta disse. Qualquer um. Amanhã vai ter uma dinâmica pra escolher o nome do nosso Grupo. O que me fez pensar que é muito estranho que o meu tio tenha sido chamado de Eski a vida inteira e aqui as pessoas chamam ele pelo nome, acho triste. Por que não podem só continuar chamando ele de Eski? Quando eu trouxe ele pra cá, pra conhecer—

Ei, Fanta. Vem cá. Adora estava sentada com as costas apoiadas na extremidade esquerda da piscina, de onde podia ver a lua de frente, as pernas dobradas contra o peito. Ela bateu duas vezes com a mão no chão, um pedido para Fanta sentar ao lado dela. Esticou as pernas e Fanta foi atender o pedido.

Lembra do dia da cerveja na pracinha?, Fanta disse.

Aham.

Dos livros?

Claro. Adora riu.

Eu não te mostrei todos. Tinha outro na minha mochila que eu não quis mostrar.

Ah.

Meu Deus, não sei por que eu tô falando disso tudo. Desculpa. Eu não sei bem o que fazer.

E tu precisa fazer alguma coisa?

Fanta havia esticado as pernas também e, com a ponta do pé, tirado as Havaianas que estavam nos pés de Adora, tocando no seu. Fanta fez o mesmo com os próprios chinelos, e as duas ficaram descalças, em uma carícia ainda sem nome, embora Fanta tenha pensado que já esperava a vida inteira por isso: ela e essa sensação eram íntimas.

Eu queria te beijar, Fanta não disse.

Nenhuma resposta, apenas o eco do que Fanta não disse, como se a cabeça dela fosse a piscina. O coração de Fanta era um espectro inocente, se abria rápido mas em paz, convicto de estar fazendo a coisa certa. Mesmo que fosse um erro, era a coisa certa.

E então a mão de Adora afastou com delicadeza os cabelos de Fanta para algum ponto lá atrás e o que aconteceu foi um beijo.

Ela abriu os olhos e as duas se olharam, e sem palavra decidiram que tinham que repetir, agora de olhos abertos.

Quem dera Fanta pudesse viver a vida de trás para a frente. Quem dera pudesse pelo menos mover alguns parágrafos de lugar, sabe como é, alterar a ordem deles. Não dá. Não dava. Então, ela estava vendo as coisas se complicarem. Havia desistido de se formar naquele semestre, mas ainda não tivera coragem para contar aos pais. Já tinha sido difícil o bastante convencê-los de que ela queria trocar de curso — mas menos difícil do que convencer a si mesma de que ela precisava ter o diploma se quisesse ser levada a sério. Jogando fora o tempo.

O que fez foi dizer que precisava da câmera emprestada e que ela gostaria de passar um final de semana na praia em que o Reino ficava, instalada em um hotel, para ter maior liberdade, pois tinha uma ideia para o trabalho de conclusão de curso e seria muito bom se ela pudesse realizar esse trabalho e também aproveitar o final de semana para descansar um pouquinho depois do primeiro Retiro que ela liderou.

De novo esse lugar?, os pais dela disseram meio que ao mesmo tempo. Os quatro olhos sobre ela, esperando um motivo razoável para mais esse capricho.

Não respondeu para ninguém. Falou com eles como se fossem uma entidade, e era isso que os pais eram, era isso que ela queria ser para o filho que um dia teria para esconder, alguém para venerar, alguém para desprezar, sem indiferença, mas não sem remorso.

Quero ficar perto dele, não sei por que isso é um problema. Se acham que podem esquecer ele lá como se ele fosse só um problema a ser escondido ou resolvido, aí é com vocês. Eu não vou atrapalhar; não vou até o Reino, não vou fazer visita ou coisa do tipo, eu só quero estar perto, Fanta disse.

Como ainda não havia passado na secretaria do curso para cancelar a disciplina reservada para o TCC, não foi tão difícil conseguir uma autorização com um dos professores para retirar outra câmera na faculdade. Como estava apaixonada, e como era a primeira vez, e como não entendia como estar apaixonada por quem ela estava poderia se encaixar em sua vida, Fanta ter convencido uma adolescente a mentir para os pais, levando ela para passar o final de semana na praia, foi, assim, uma coisa fácil de fazer.

A parte do plano que Fanta por descuido não ponderou é que os pais de uma adolescente evangélica são seres dotados da mais pura capacidade de desconfiar. Ela mesma viria a ser dotada de tal capacidade, mais tarde, o que por todos os lados também foi uma tragédia — pequena, mas ainda assim.

Os pais de Adora descobriram a mentira, e foram lhe perguntar o que diabos estava acontecendo. Essa foi a expressão do Pastor, que teve uma conversinha com Fanta dias mais tarde e pôde dar detalhes do caso ao mesmo tempo que exigia de Fanta os detalhes dela. Detalhes que, bem, cabe a cada um imaginar como quiser, porque Fanta estava cansada e mandou todo mundo à merda.

Os detalhes imaginados precisam dar conta de um filme, ou de filmagens que Fanta pretendia montar em um filme. Ela e Adora, cada uma segurando uma câmera, apontadas para baixo o tempo todo. Planos que não cobriam o rosto delas, em nenhum momento, mas pretendiam mostrar a introspecção daquela intimidade. Não que nunca olhassem uma para a outra, claro que olhavam, mas o filme era sobre os outros momentos, os momentos em que não podiam olhar, não conseguiam olhar, não queriam olhar, não deviam olhar. O filme pedia que se imaginasse, a partir desses momentos, como uma olhava para a outra, quando se olhavam.

Um hotel de uma praia do sul de Santa Catarina no início de inverno é a própria imagem de um paraíso fadado a existir para ninguém, Fanta pensou.

Aquele hotel que ela e Adora encontraram encarapitado num morro fazia ela pensar que estavam mais perto da extinção do que imaginavam, e esse pensamento trazia uma paz difícil de colocar em palavras, mas Fanta poderia, na sua pretensão, tentar filmá-la, enredando a história da extinção com a das duas, dela e de Adora, as últimas a irem embora, que sorte uma poder amar a outra nessa hora e em todas as outras.

Não se faz arte sem pretensão, ela dirá um dia. Sem pretensão se faz outra coisa, não arte.

Quando saiu do banho de porta aberta, o quarto transpirava como um pulmão de floresta. As paredes eram de vidro, a vista aberta para a praia lá embaixo, mas ela emergiu do banheiro nua, com apenas a toalha enrolada na cabeça e caminhava altiva, o animal mais perigoso daquela floresta. Não o mais forte, mas o mais inteligente.

Eu queria poder falar com esse discman, Fanta disse. Tipo, toca "Vambora", da Adriana Calcanhotto, e aí ele toca.

Ela abriu a tampinha do troço e tirou dali o CD. Mostrou para Adora, como se exibisse um dispositivo ainda não inventado, e foi até o aparelho de som, uma peça da mobília do quarto de hotel. Pagaram um pouquinho mais para ter esses luxos. Fanta depositou o CD na língua que o aparelho de som ofereceu, como se depositasse a hóstia na boca de um fiel.

Adora, despertada pela voz dela, baixou o livro que erguia na altura dos olhos, esticada na cama. Ela vestia uma camiseta larga, preta, e seus cabelos pareciam ter sido picotados havia poucos minutos por uma tesoura de cozinha. A cor da calcinha dela — que verde era esse? —, abacate, a parte de dentro do abacate. A imagem de Adora transmitia para Fanta uma sensação de que não havia outro lugar do mundo onde ela queria mais estar do que exatamente desse lado da cena, uma composição que guardava toda a capacidade do coração dela de se contrair e depois se abrir e se contrair outra vez.

* * *

Dois funcionários, luzes oblíquas; cabeças de gado que pareciam a um passo de se atirar em alto-mar; um cheiro que não era só maresia, era o cheiro que o oceano faz ao encontrar um pedaço do planeta desinteressante, habitado por pessoas que não tinham condições de tornar o espaço glamouroso, atrativo; o glamour, antes, residia nessa ingenuidade da natureza — o ser humano, ali, convivia com ela não como os povos originários, imersos em uma relação de culto e de troca, mas sim como um fato, um episódio da vida de que não podemos nos livrar. Nessas coisas Fanta estava pensando enquanto, mais tarde, saíam para caminhar à beira-mar, tomando chicotadas de areia nas canelas.

Parece outra praia, Fanta disse. Não a mesma em que estivemos há poucos dias, não a mesma onde fica o Reino.

Talvez porque ficar lá mexa muito com a nossa cabeça, Adora respondeu.

Como assim?, Fanta se assustou com o tom de susto com que fez a pergunta.

Só quis dizer que a gente fica muito naquela rotina, uma coisa fixa, cheia de horários e regras e coisas que não se pode fazer. Aí esquece do que tem fora dali. Só isso.

Ah. É.

Mais uma vez, Fanta pensou no tio e nas palavras dele, e em como, sobretudo, ela gostaria de não tê-las ouvido.

Elas encontraram um esqueleto de algum animal marinho, nenhum vestígio de carne, só uma estrutura de ossos harmonicamente preservada, como se tivesse sido montada ali por algum biólogo ou, melhor, por aquelas pessoas que reproduzem cenas para exibir num mundo em rápida extinção para pessoas que não existiriam dali a um tempo. Fanta gravou aquilo e teve certeza de que usaria em seu filme.

Era por isso que as pessoas — seu Filho também — desistiriam das coisas, sem que ao menos se dessem conta. Uma desistência diluída nos dias e que se misturava a outras frustrações, tornando os contornos de uma e de outra borrados.

Por sua vez, ela também desistiria. Daqui a pouco mais de uma semana, da igreja e da fé — esta última, ela suspeita, nunca chegou a ter, não plenamente, e reconhecerá que essa é única maneira de se ter fé: pela metade. Um dia, desistiria dos seus filmes. De ser uma boa pessoa dessa maneira que esperavam que uma boa pessoa tem que ser. De amar e de ser amada ela abria mão; simples. De ser a líder de um grupo de jovens religiosos e tão perdidos quanto os adultos da mesma religião, da mesma igreja, do mesmo teto sob o qual descansavam e se masturbavam, religiosamente, consumidos pela culpa e por acreditarem estarem se desviando do caminho, ainda despreparados para conhecer a Verdade — não existia caminho nenhum, e, se existisse, não seria esse que eles eram tão seguros em apontar, e os caminhos que inventariam para si dariam todos no mesmo lugar.

Fanta só não desistiria de ser mãe.

No último dia das filmagens do seu primeiro longa, em Capão da Canoa, logo que os trabalhos foram encerrados, pensou que precisava ficar mais um tempo na cidade. Dispensou a equipe.

Acho que acabamos, disse, mas não vou embora com vocês.

O que tu vai fazer aqui sozinha, guria, alguém perguntou.

Vou inventar alguma coisa, Fanta disse.

Tem a ver com o trabalho? Quer ajuda?

Não e não. Tem a ver com querer passar um tempo sozinha, só isso.

Ela se despediu deles no estacionamento do hotelzinho barato, depois do check-out. O motor da Kombi se fez um pouco, se recusando a pegar, e Fanta botou o mochilão nos ombros e disse que estava indo, tomem cuidado na estrada.

Era o começo de uma tarde de inverno em 1999 e o sol era tudo no céu. Encaixou os fones do discman nas orelhas e saiu caminhando em direção à praia.

6.

Fanta se pegava remoendo a palavra *antes* e o que ela significava. Se tempo só existe porque existe espaço, era muito difícil imaginar o que havia antes de o Big Bang acontecer; não tem lógica, não podia haver um antes nesse caso, e ela sentia um tipo de desespero muito particular ao pensar nisso e em como ela estaria mais ou menos nesse lugar, presa nele, quando morresse. Nada para sempre. Que se faça luz.

Agora ela fazia essas confusões, pequenas confusões sobre onde estava posicionada na linha do tempo da sua vida, como gostava de contar para si mesma. Conversava com poucos vizinhos, afinal eram poucos os que ela tinha ali por perto, e trocava algumas palavras com o loirinho com sotaque alemão da farmácia e com a guria com os lábios inchados que tinha um salão de beleza na cidade, aonde ela ia pelo menos uma vez por mês para... falar um pouco, só isso, e deixava que a cada mês fizessem nela algum procedimento, uma unha, um corte, uma massagem. Certa vez pintou os cabelos de rosa depois de pedir para passarem a máquina neles, número dois. Perguntou onde podia fazer uma tatuagem.

* * *

Às vezes pensava nela. Assim, de vez em quando, como quando a gente se pergunta, no banho, se já passou o shampoo no cabelo ou não, distraídos que estamos com o fluxo dos pensamentos. Na dúvida, lavava o cabelo outra vez, sem saber que se tratava mesmo de uma segunda vez, enquanto voltava a pensar em qualquer outra coisa. Então pensava em Adora, às vezes, e se deixava imaginar o que ela estaria fazendo caso existisse um mundo em que as duas haviam decidido ficar juntas, pela eternidade dos vinte e poucos anos, até se cansarem e passarem a ser uma lembrança uma para a outra, uma lembrança mais viva, uma parte um pouquinho maior da vida, um atestado de que elas se amaram enquanto puderam se amar e não do quanto cederam aos caprichos daqueles que tinham o costume de torcer o nariz, revirar os olhos, soltar a língua sobre o desejo dos outros, às vezes sobre o próprio.

Em alguns desses momentos, Fanta sentia que ainda não havia conhecido Adora. Que estava sonhando. Que a mãe a acordaria dizendo que era domingo de manhã e ela estava atrasada para a escola dominical. Que o Retiro seria no próximo final de semana, ela devia estar animada. Que tinha que pensar num nome novo para o... Grupo de Jovens? Mas não. Acordava nessa cabana. Há quanto tempo morava aqui mesmo? Há tempo suficiente para saber onde estão guardados o pó para o café e o maço de cigarros e o isqueiro. Para lembrar que era bom não ter mais celular, como quando ela era guria. Nenhuma expectativa. Quem quisesse, por acaso, falar com ela, teria de viajar algumas horas até ali. Sem internet, as pessoas lembravam umas das outras só por acaso, e como se cada lembrança de cada pessoa fosse preciosa, uma ideia que surgiu em algum lugar e foi parar ali, na cabeça dela, não à toa apesar de à toa.

Perdida. Em lembranças. Vagando. Pelo tempo.

Ela era uma massa que crescia no útero da mãe?

O resultado de uma fodinha há muito esperada mas que durou menos de três minutos depois que os pais já tinham a permissão do Senhor? Os pulmões dela decidindo que o primeiro trauma era isso aí mesmo, e ela podia chorar o choro inaugural da vida? Ou então ela ouvindo a primeira história sobre o tio e não conseguindo se livrar dela, perdida em uma adoração infantil que lhe deu a chance de ter um amigo tão cedo na vida?

Em todo caso, sua compreensão de destino era mais uma infeliz visão de cercadinho do qual ela estava ao mesmo tempo fadada a tentar escapar e convicta de que nem valia a pena tentar.

Fanta ainda assim tentou. Agora deu.

Escuta o que vou te dizer: não vai dar. Para algumas pessoas dá, para outras pessoas não dá, Fanta. A vida vez ou outra não deixa. Quase sempre, não vou te mentir. Pra ti não vai dar, Fanta. Ter um filho não está entre as coisas que o teu corpo consegue fazer. Daqui pra frente nada vai ser como antes. Tenta aceitar. É a tua melhor opção, se quer saber. Não aceitar nem chega a ser uma opção, Fanta, me escuta. Se não aceitar…

E então ela acordou. Fazia tantos anos que não tinha esse tipo de sonho. Um sonho que persistia no corpo dela. Naquela fronteira que agora sabia que não existia, entre a infância e a vida adulta, o que chamavam de adolescência, mas que era infância, é infância sempre. Ela pensava que esses sonhos eram o prenúncio de uma outra vida, vida que ela teria, ou estava tendo, em algum lugar. Adulta, quando raramente esses sonhos a surpreendiam, ela responsabilizava espantalhos mais concretos, como o ansiolítico ou o álcool, e o máximo de abstração que se permitia, para não pensar mais no assunto, era dizer qualquer palavra e relacioná-la com a palavra *desejo*.

Agora ela era o quê? Meu Deus, existe fronteira entre adulta e idosa? Ela se sentia perdida nessa fronteira, então. Não achava o caminho de volta, e não achava qualquer caminho. Andava pisando em gravetos, recolhendo água da chuva e espantando mosquitos. Conversando com Hilda. Andava por andar e não tinha certeza se queria encontrar alguém, ou, pior, se queria ser encontrada.

Um dia depois ela recebeu a visita do Filho. Depois de todos esses anos. Ele foi atrás dela.

Me ligaram, disse. Fiquei preocupado com o que me contaram, mãe.

Ele ainda podia se preocupar com ela, então. Ficou sinceramente surpresa mas comovida, ou surpresa *e* comovida. Mas o Filho foi pragmático, estava ali para tomar decisões de ordem prática e objetiva.

Vamos encontrar um lugar, ele disse.

Para?

Tu não pode mais ficar aqui. Sozinha.

A vida é de uma tristeza insuportável, pensou. Esse pensamento, ela suspeitava, não era seu, a frase não era sua, chegava até ela (era feita para ela?). Mas não disse nada.

Só agora descobria que toda a sua vida foi uma longa espera por este momento e que ansiava pela volta dele. Ele viria, e viria para levá-la.

Diante dele, havia muito o que dizer e ao mesmo tempo não tinha que dizer nada mas queria dizer que não estava arrependida.

Errinhos, errinhos, ela disse.

Ela o sentiu desembaraçando os fios de sua cabeça com a mão. Como queria ser tocada por ele. Soube então que não precisava mais dizer, bastava pensar o que queria dizer, bastava imaginar o que queria dizer, como o tio lhe ensinara. Ele a compreenderia.

Ela teve medo de que ele nunca viesse — agora e antes, quando ele chegou na vida dela. Por muito tempo foi assombrada pela profecia do tio, um fantasma que ela não conseguiu enxotar para lá. Ficou com ela.

Não queria perder o Filho. Tinha que protegê-lo. Não estava pedindo perdão para o Filho pois, era tão simples, ela não se arrependia.

Por que não usar a religião que existia havia séculos e que era evocada havia séculos para perpetuar tanto sua mensagem de amor como o ódio que os seus seguidores regozijavam-se em encontrar em suas Palavras e dedicar às pessoas que por qualquer motivo escapavam do que *eles* professavam como a Verdade; a religião que durante todos esses séculos trouxe à luz Todas As Coisas Que Cooperam Para O Bem, e também Fanta, a religião que tinha o seu Livro, o Filho dela não amava os livros e não sabia recitá-los de cor?, que aprendesse este, o Livro da Vida — por que não usar todas essas coisas quando elas lhe ofereciam uma saída?

Tanta gente manipulava o medo, tanta gente vivia se penitenciando, tanta gente acreditava que a recompensa final justificaria todo o sacrifício, tanta gente não vivia o que pregava, para si e para os outros, tanta gente dizia acreditar em um código de conduta, tanta gente acreditava que podia se salvar, tanta gente acreditava que merecia se salvar, tanta gente acreditava que no final das contas haveria perdão para tudo e para todos e que a absolvição viria como brinquedo barato pescado de um saco preto de lixo por um homem de barba falsa vestido de Papai Noel, um passe livre indiscriminado que, então, não teria assim tanta graça.

Mas, lá dentro, naquele espacinho que é todo seu, o único em toda a Criação, não acreditava em nada. Ela também.

Esconder em Deus. Foi o que ela fez. O seu projeto.

Como se o Filho soubesse — ele repelia Fanta. No dia em que o tio assoprou aquelas palavras para o vento à beira da praia no Retiro, talvez elas tenham viajado pelo espaço, suspensas, até encontrarem os ouvidos que eram seu verdadeiro destino, os do Filho dela.

O que o tio disse para ela no Retiro — *Pra ti não vai dar, Fanta* — era uma profecia que, se Fanta tentasse enganar, acabaria por se mostrar mais cruel. A dor não dói tanto se a gente consegue apenas aceitar que ela está ali e vai doer de qualquer maneira — mas como é difícil, Fanta já intuía.

Um dia depois dessa cena, quando ela e Adora entraram na piscina vazia, ela tentaria em vão falar sobre essas coisas e sobre o quanto ela queria ser mãe e sobre o quanto ela estaria disposta a recusar as palavras do tio e sobre o quanto ele era só um bêbado e sobre o que as pessoas acham que podem dizer sobre o futuro e sobre ela também ter essa sensação dentro dela e sobre como era triste não poder contar para alguém, porque ninguém entenderia e ela não queria passar por louca ou paranoica ou sobrinha do tio dela.

Em vez disso, ela disse que deviam chamar o tio de Eski.

E não disse que queria beijar Adora, mas Adora assim entendeu, o que fez Fanta pensar que a sensação dentro dela dava algum jeito de se provar e que, puta que pariu, como ela estava com medo de tudo, da vida que ela tinha agora e da vida que ela ainda viria a ter, porque as coisas só se complicam, elas só se complicam e por isso se complicariam.

* * *

Mas de algum modo a viagem já havia terminado quando a iniciamos.

Começava assim o poema favorito de Fanta, o poema que ela conheceu pelo tio em algum momento — agora ela não poderia apontar quando, porque isso é só mais um errinho, como ela vai se acostumar a repetir antes da sua vez de morrer.

Esse seu poema favorito lamentavelmente não era de Hilda Hilst, a poeta de que mais gostava e com quem um dia fez amizade, sua última amiga.

Tem algo na Hilda, ela parece uma oração, Fanta dizia.

Errinhos extraordinários, nem um pouco lamentáveis — e tu e eu só existimos por causa deles, Fanta explicava para o Filho.

Ele passava a mão pelo cabelo da mãe tentando acalmá-la. Alisava os fios com os dedos como se sua mão fosse um pente de dentes largos feito de ossos esquecidos numa praia, uma ferramenta ancestral, uma memória familiar, um medo suportável. Ela sentia que aquilo acalmava a ele, não a ela.

Às vezes trocava o nome do Filho pelo do tio. Tudo, tudo.

Errinhos, só isso, anunciava. Que pesadelo, ter exatamente a vida que se imagina.

Agora ele estava quieto, e quieto como nunca, o bicho arredio que Fanta carregava no peito. Ele lhe contava, num gesto inédito de gentileza, talvez de amizade, um segredo final e fatal:

Todos nós fazemos nosso próprio filme, ainda que sem saber — não só sem intenção, mas também contra a nossa vontade —, com todas as cenas que nos assombraram e que decoramos, recitamos, às vezes praguejamos, falsificamos. E é esse filme que vamos ver por fim, no tempo que levamos para perceber um vulto, nossa última vez diante de um filme que se abre para nós, um filme oracular, embora ao contrário. Você vai amar e odiar a tristeza dele, o bicho sussurrava, e então será tarde para o amor, o ódio ou a tristeza — porém não para a saudade: saudade significa que você está indo embora, e você está sempre indo embora.

Um dia ela vai pensar, e acreditar nesse pensamento, que a arte é uma forma de viajar no tempo. Perto desse dia, antes ou depois dele, pouco importa, ela também vai receber um diagnóstico, e vai ficar claro para Fanta que um diagnóstico depois de certa idade não permite lá muitas contestações, não se pode questioná-lo e muito menos rejeitá-lo. Quando tentaram dar um diagnóstico ao Filho dela, foi diferente: era o início de uma conversa, uma forma de amar. Na idade que ela vai ter ao receber o seu, era o fim da conversa.

Sua esperança era que pudesse ser ainda uma forma de amar.

A PARTE DE ESKI

Ele vê Fanta voltar.

Os olhos da sobrinha estão parados e só chegaram até ali porque foram arrastados por todo o resto, como se quisessem permanecer agarrados não ao que viram mas ao que ainda vão ver. Preferiam estar em outro lugar. São duas crianças forçadas a ir à escola. Ele conhece a sensação.

No escuro o oceano sibila um canto doce que também é uma súplica e uma promessa e a noite na praia é como pegar no sono embalado por algum ancestral ou por todos eles. Filmes de terror quando ele era criança o deixavam assim, apaixonado pelo medo de um jeito que sabia ser seguro. A ponto de ir dormir torcendo para que algum pesadelo o surpreendesse. Como se fosse possível.

O corpo dela dá a entender que o cérebro está dedicado por inteiro a qualquer outra coisa que possa ter registrado na ida até o dormitório. Ele percebe que ela não consegue enxotar aquilo para lá. Não consegue mandar embora. Aves noturnas piam no céu espocado de estrelas. O morro na ponta da enseada escuta todas as ora-

ções há centenas ou milhares de anos e jamais teve notícias de respostas. Apesar disso ainda está lá.

Fanta, ele chama. Tá aí?

Ela faz que sim mas movimenta a cabeça com tanta lentidão que ele sente que a outra coisa além de não ir embora assumiu o controle. Ele sabe como é. Estar ali e não estar mais no comando das próprias vontades, tão caprichosas em condições habituais, tão distantes agora.

Fanta, ele tenta uma nota acima, pronunciada como um susto.

Ela relaxa os braços e eles caem meio sem vida ao lado do corpo, uma moldura para o momento terrível que está para chegar. Luzes em alto-mar piscam e ele fecha os olhos por um momento e elas piscam lá também. Quer beber. Sente falta de olhar bêbado para o céu das cinco da manhã movido por alguma expectativa desconhecida.

Depois de tanto tempo ele quer beber e querer beber é uma fatalidade que o encontraria cedo ou tarde, como um carro que te acerta no exato momento em que você não sabe se é melhor correr ou ficar parado. Não importa. Vai pensar nisso depois, agora não é hora. E, por um tempo que lhe parece elástico como um balão murcho, ele pensa o oposto: não haverá outra hora, é agora que precisa decidir se cede ou não, se vai voltar a beber ou não, se é o tio de Fanta que ela estranhamente aceitou amar ou não, é outro, este homem tão engessado para a abertura que Fanta é para sua vida, confuso e instável sobre como apenas ficar ao lado dela. Pensar em como ser alguém para ela é um tédio e ele prefere sentir em vez de pensar.

Lembra-se da noite em que inventou e ensinou para a sobrinha o 2006, um jeito não de se aproximar dela, mas de pedir meio que sem pedir para ela se aproximar dele. Prometeu a si mesmo que se Fanta conseguisse ele mataria o uísque vagabundo que trazia no bolso para se dar um último brinde no banheiro e depois não beberia mais.

* * *

Tio, deixa que eu começo. Deixa eu começar, tio. Por favor.

Tu começa, Fanta. Tu conhece bem o *2006*. Mas, antes, explica como é que funciona. Teus pais não têm como saber.

Tá, é assim: é um jogo de imaginar e uma oração, as duas coisas.

Isso é coisa do teu tio, não é?, a mãe dela disse. Tinha um sorriso no rosto, mas não parecia muito contente ao fazer a pergunta, que por sua vez parecia mais uma acusação do que uma dúvida.

Eu e o tio que inventamos. Começou com a *Exploração das coisas do passado*, que é uma outra brincadeira nossa. Mas tá: vou explicar como é o *2006*. É fácil. Primeiro alguém diz um ano. Tem que ser um ano que ainda não aconteceu. Um ano do futuro. Qualquer um. A gente deu o nome de *2006* porque foi o primeiro. O tio disse 2006 e aí eu tive que imaginar uma história pra ele. Como nossa vida vai ser lá nesse ano. A minha e a dele. Ele desenhou o ano num papel e depois eu contei.

E como vai ser a vida de vocês em 2006, posso saber?

Não pode. Se eu contar pra outra pessoa, pode não dar certo. O tio que disse que é assim. Tu vai ter que esperar até 2006.

Isso se eu estiver viva.

Eu começo, pode ser? Vocês escolhem o ano e eu começo a minha historinha. Tá?

Acho que é melhor mesmo, porque não sei se eu ou o teu tio conseguimos pensar muito mais no que ainda temos pela frente. Tu tem mais tempo, a mãe de Fanta disse. A parte da oração eu acho que entendi. Mas por que vocês acham que isso é um jogo? Como é que a gente sabe quem ganhou?

Não tem como saber. Não ainda. A gente vai saber só quando chegar lá. Quando chegar o ano. Aí a gente vê quem acertou mais. Quem errou mais. Eu ou o tio.

Isso se ele estiver vivo.

Vai ser engraçado. Ou eu e vocês, agora. Deu pra entender?

Deu. Então começa logo, o teu tio não tem a vida toda.

Tem, tem sim. Não tem, tio?

Ele se mexeu na cadeira e procurou aquela coisa no bolso de trás da calça.

O Retiro de Jovens no Reino termina aqui. Peixes com olhos esbugalhados ofegam na beira da praia, tocados aqui e ali por franjas d'água. Carcaças que aparecerão no futuro do futuro, em outra era geológica, tão longe do que os últimos a desaparecer puderam imaginar como longe.

Só ele poderia prepará-la. Para o que vem. Antes mesmo de abrir a boca já aconteceu. Imagens retorcidas, uma contradizendo a outra, encadeadas de forma precária. Palavras sozinhas, largadas como avisos, prenúncios. Algumas ele recitava bêbado, uma prece que pretendia gentil. Estava mais para desordenada.

Mas vinham do coração. Não encontram lugar neste mundo. Não sabem para onde devem ir. Ele vai dizê-las mesmo assim.

A PARTE DO FILHO

O.

Era o ano em que a camisa do Grêmio tinha uma manga de cada cor: é disso que se lembra, ou, melhor, é essa a imagem que povoa sua cabeça quando ele se esforça para localizar 2006 no álbum da sua vida. Uma era azul, a outra preta.

Ele com essa camisa do Grêmio, os cabelos compridos mas nem tanto, repartidos no meio e enganchados atrás das orelhas, à moda dos argentinos, sentado num banco, igual a esses bancos públicos de parque, um banco comum, um banco impessoal, um banco que é palco de uma infinidade de conversas e de histórias, e, apesar de impessoal, registrados para a posteridade em momentos estranhos como esse, ele de um lado, sua mãe do outro, e, entre os dois, a barriga inchada, disforme, ainda mais se comparada ao resto do corpo, os braços com a pele amarelada e fina como papel-manteiga, a cabeça como se pertencente ao corpo de outro boneco e tivesse sido encaixada ali por engano, ou por brincadeira, ou por crueldade, ou por tudo isso, Eski. Era o ano da primeira divisão depois de uma temporada na B. E era o ano em que ele foi visitar o tio-avô no Reino, acompanhando a mãe.

O que podia oferecer agora, quando a mãe lentamente perdia a razão, e como forma de não perdê-la de todo, mesmo que fosse tarde para isso, e para tudo o mais também, inclusive tarde para convencer a si mesmo a não fazer o que iria fazer depois de Tamara dizer que estava grávida, era essa tentativa de ligar os pontinhos e formar o desenho, o desenho que ele intuía quando não conseguia pegar no sono, o desenho que o assustava, o desenho que tem apenas os dois olhos, dois abismos, como seu irreconhecível sinal de que está no mundo, de que ainda está no mundo mesmo não devendo mais estar, Fanta e o tio de Fanta, cada olho guardando distância um do outro enquanto se comunicam e olham a mesma vida.

Tamara foi o lençol que era a moldura desse desenho, o lençol branco tão gasto e tão real e que cobria os dois buraquinhos que lhe davam forma. Forma para as palavras de Fanta.

Aqui está, então; que seja pelo menos engraçado ou divertido.

2.

Se a mãe o conhecia tão pouco, ele não poderia se dizer surpreso.

Algum nome pomposo no DSM. Uma parte da história. Era uma explicação, e ajudava um pouco, mas a explicação de um problema ainda não resolvido. Como quando você precisa entender algo complexo e não está conseguindo, e aí alguém te explica como se estivesse desenhando para uma criança lerdinha e você pensa, *Ahhh, agora tá fazendo sentido*, o que tinha o efeito de confirmar o seu diagnóstico de lerdinha — e sublinhar a condescendência de quem se dava ao trabalho de te explicar, o que não era tão fácil de discernir como algo essencialmente bom ou ruim —, mas no fim das contas a coisa a ser entendida escapava. Preferia que não tentassem explicar, percebia então.

Um quebra-cabeça com peças faltando.

Alguém que se postava diante da vida de maneira desajeitada.

Ele foi um Leitor Precoce para ela, e essa condição, para dar algum nome, a aterrorizava.

Ele foi uma conversa que ela queria muito ter e ele, não.

* * *

Ela não queria ter dito o que disse.

Como era fácil fazer esse tipo de mea-culpa. Basicamente tudo se resume a esse arrependimento primordial, dizer e se arrepender, ou não dizer e se arrepender, e é esse arrependimento que se desdobra em todos os outros. Mas estava dito, dito para o Filho dela, e ele havia escutado, e escutado mais de uma vez, porque ela não apenas disse o que disse mas o repetiu, repetiu perigosas vezes justo quando ele estava numa idade complicada, a complicação maior sendo esta, a de registrar o que sua mãe lhe diz e de guardar as palavras dela em algum lugar para ser lembrada sempre que quer, e quase sempre quer lembrar para ajustar alguma conta com a mãe, de modo que não havia mais remédio: estava dito.

Mas quem disse primeiro? Era um dado importante e decisivo para interpretar todo o resto? Tipo quem deu o primeiro empurrão, o primeiro soco? Pirracinha, bater pé, teatrinho para convencer. Ele também se arrependia, mesmo que não pudesse se arrepender de ter dito o que disse tão cedo na vida, mesmo que o que disse não tenha sido uma expressão totalmente dele, e sim uma expressão da condição, do transtorno, daquela coisa.

Havia uma distinção entre a coisa e ele. Tinha que haver. Buscava sinais dessa distinção a todo instante. Ela estava ali, ele podia auscultar os batimentos dela, distingui-los dos dele. Tinham vida, a coisa e ele. Dois irmãos siameses, talvez, mas ainda assim dois. Não um. Ele precisava acreditar nisso.

Não encosta em mim. Me larga. Não chega perto de mim. Me deixa descer. Não quero colo. Não quero abraço. Nem beijo.

Ele demorou algum tempo para aprender a formular frases, mas, assim que a primeira saiu, todas elas foram tijolinhos que ele ia empilhando na tentativa de construir um muro em torno de si, deixando a mãe do lado de fora, às vezes sem conseguir sequer estabelecer com ele uma troca de olhares um pouquinho mais parecida com uma conversa afetuosa.

Fanta ainda não era Fanta para ele, e sim cheiro de leite e repulsa, mãos indesejadas, palavras sussurradas e um choro inexplicável, porque ele não identificava sua origem, nem que vinha de uma origem ou de muitas, e isso, se ele parasse para pensar, era assustador.

Depois do enterro de Eski, ele ficou meses sem notícias da mãe. A conversa no alambique, enquanto bebiam juntos pela primeira vez, não tinha acabado lá muito bem, como de costume. Tinha começado com aquela desconversa habitual e misteriosa quando o assunto era o tio — ou qualquer pessoa sobre a qual ele inventasse conhecer mais — e tinha terminado com a mãe ignorando as perguntas dele sobre que história era aquela de se mudar para uma cabana. Ela falou sobre a *live*, olha onde estava se metendo, a política era uma tristeza, os filmes dela eram uma tristeza, esperar outra vida que não essa era uma tristeza. Ela falou que estava de saída. E aí, para enterrar de vez a conversa aparente e alimentar ainda mais a conversa interior que ele mantinha com Fanta, a insistência dela em perguntar o que é que tinha acontecido para que ele fosse exposto na internet como o machinho abusivo da vez. Quando a mãe mencionou o nome da namorada, Tamara, ele bebeu a cachaça de um só gole e disse que a esperaria lá fora, no sol.

Ela não queria contar para qual matinho estava se mudando para se esconder sabe-se lá do que ou de quem, mas exigia dele que contasse detalhes de um caso que assumia a forma da profecia que ela costumava fazer para a vida dele.

Exposed, esse era o termo, e ele pensou em corrigir a mãe, em dizer que ninguém falava a palavra em português, e sim em inglês, porque havia um idioma para falar sobre erros alheios e exibi-los na internet, como um museu de correção, artista e obra em destaque para que a punição fosse pública, um recadinho, uma criação coletiva, e quem fizesse o papel de advogado do diabo e falasse em apelação, veja bem, pessoal, vamos ver as coisas por outro ângulo, talvez não seja bem assim, garantiria seu lugar no museu da correção também, ao lado do artista e da obra para os quais estava com o pano em mãos para passar.

Tamara e ele haviam terminado o namoro, e quem exatamente terminou com quem era uma questão difícil de colocar em palavras. Ainda por cima, era a primeira vez que namorava e, assim, o primeiro término a ser compreendido e narrado. Narrar, não, ele não queria; compreender, sim, mas achava que não tinha muito a ser compreendido além do motivo da briga entre os dois. Pensar nessas coisas o fazia pensar nos dois e em como isso tudo estava acontecendo porque havia mais do que dois na história dele e de Tamara, a história que, ele achava, era para ser dos dois e apenas dos dois.

Se ele estava ali, sob o sol de inverno, nesse canto da cidade do qual nem sabia da existência, olhando a mãe acertando a conta no caixa depois de enterrar o tio a quem ela tanto amava, era porque a história de um é sempre a história de outro, e contra isso não havia remédio.

O tio-avô, Eski, passou seus últimos dias em uma casa de madeira caindo aos pedaços quase na beira da praia do Lami, um pedaço de terra perdido a mais de um quilômetro depois do final do calçadão, acessível somente pela praia. Às vezes, em dias de cheia do Guaíba, ele ficava como que ilhado, a água lambendo o portão carcomido pela ferrugem e levando os dois vira-latas, que ele mantinha não se sabe como, para dentro de casa. Uma vez o rio subiu tanto que ele acordou no meio da noite com a ventania e, ao pular da cama para espiar o tempo, enfiou os pés na água gelada e salobra do Guaíba, este misterioso lago que também é rio e que, naturalmente, vai dar no mar.

Eski morreu sozinho, balançando sobre uma canoa velha que tinha comprado por módicas e intermináveis prestações de um vizinho pescador. Pescava para ter o que fazer e porque gostava de comer peixe — nos últimos tempos a única carne que consumia. Teve sorte que o vento levou a canoa com seu corpo em direção à praia, onde um funcionário do improvável banheiro público o encontrou. Eram meio que amigos, e o homem cuidou de tudo, do contato com a sobrinha, Fanta, até da encomenda de uma modesta coroa de flores para decorar o velório. Compareceram meia dúzia de moradores das redondezas, além de Fanta e do funcionário. Fanta era a única amiga do tio; para ser mais exato, a única que o conhecia.

Ele sabia que a mãe estava assumindo um cargo em um governo que tinha como palavra de ordem a suposta superioridade moral evocada ao dizer que era *a favor* de Deus, da pátria e da família, e ele sabia que ser *a favor* dessas coisas significava ser *contra* outras tantas, se fosse pensar em termos coletivos, mas o que interessava a ele era que a mãe estava embarcando em uma cruzada *contra* ele, *contra* jovens universitários tão parecidos com o grupo ao qual Fanta se aliava, parecidos nesse desejo fetichista por gozar moralmente, acima de qualquer um, mas também diferentes, e ignorando as histórias particulares de qualquer um, apontando dedos para dropar uma viagem de neurotransmissores alucinados por sinalização de virtude, a droga que inundava o cérebro de quem a muito custo tinha chegado até ali e agora se achava no direito de *ensinar* a qualquer um como ser uma pessoa correta, lançando mão de corretivos, para pulverizar a opressão. Que opressão? Qualquer uma, basta que o senso de justiça deles, mais apurado que o de qualquer um, a identifique.

Tá bom, chega, será mesmo que ele fazia parte de tudo isso, ele que não fazia parte de quase nada? Não vinha ao caso, porque agora ele queria fazer parte, queria sentir que a cruzada era mesmo contra *ele*, queria pensar em termos pessoais, àquela altura dos acontecimentos os únicos que importavam.

O que estava ignorando é que não o deixariam fazer parte: não depois do deslize dele.

Ele ficaria sabendo apenas mais tarde, meses ou anos depois?, como era difícil dizer agora, quando recebeu de Fanta um recado para ir visitá-la, que a cruzada era contra ela própria.

Ele gostava de apenas um dos filmes da mãe: o último. Não daria o braço a torcer, claro, admitindo que até os primeiros trabalhos de Fanta tinham algo de interessante e que desde o primeiro curta ele ficava empolgado por observar uma das raras vezes em que ela deixava transparecer sua maneira peculiar de ver o mundo, sem afetações, ainda que os filmes fossem puro fingimento. Gostava de ficar um tanto surpreso a cada vez que Fanta produzira nele uma pontada no sentido de ver a vida não como ela o ensinava no dia a dia, como mãe, mas no exato sentido oposto, mais anárquico, mais excêntrico, mais desapegado.

Fanta era uma mãe mais amável nesses momentos em que ele podia prestar atenção e ver os filmes dela como um atestado de culpa e, ao mesmo tempo, um pedido de desculpas. Ela estava se confessando. Ela também ansiava por redenção. Nessas horas, queria ser Filho dela, queria ele também dizer que sente muito.

Sua relação com a arte, a partir do momento em que entendeu que a mãe era artista, passou a ser de algum modo sua relação com a mãe, a relação com a mãe que não dera certo, mas que daria. Quem sabe.

No entanto não podia entender. Como era possível que a mesma pessoa dona desses lampejos brilhantes como artista também fosse uma fundamentalista religiosa? Como ela tinha tanto cuidado ao pensar em como contava uma história, escolhendo imagens sensíveis, nem um pouco óbvias, tramando todos os elementos dos seus filmes com destreza, inteligência, recusando o didatismo e o apelo ao sentimentalismo barato, para, na direção de seu próprio personagem principal, ela mesma, no enredo que realmente importava, a vida, ser tão antagonista de si, tão mesquinha, às vezes cruel, quase sempre convicta demais na sua suposta salvação?

Fanta era alguém para quem as nuances do mundo eram importantes como cineasta, mas como ser humano ela perdia essa natureza, e só podia reparar no preto ou no branco, nisso ou naquilo, no pecado ou na santidade, na certeza indisfarçável ou na condescendência proselitista. Ele tinha uma dúvida suprema, a que governava todas as demais: como ela se explicaria para si mesma?

Como era triste ter que tomar distância, fosse qual fosse a explicação, que em todo caso ele nunca conheceria. Às vezes suspeitava que, desde antes de nascer, ele já sabia que precisaria tomar distância, como se seus genes viessem preparados para a experiência, informados de um segredo que ele viria a descobrir muito tempo depois.

Ele deixou de ir à igreja, ainda que considerasse suas idas à igreja como um passeio desprovido de qualquer espírito religioso, ainda que ele estivesse ali mais com o corpo e não com a cabeça, e quando se lembrava da cabeça era para detestar o que estivesse ouvindo, ou observar com curiosidade o quanto as pessoas se tornavam um pastiche de si mesmas em algumas celebrações. Conseguia admirar a seriedade de uma ou outra pessoa, que exibiam no rosto compungido uma genuína esperança de que, ao anular a si mesmos, para que Jesus vivesse por meio deles, estariam mais perto do amor. Eles não queriam nada em troca, essa pessoa ou outra, queriam apenas uma vida mais perto desse amor, um amor que reconhecia a humanidade deles e que via nessa humanidade um bom motivo para amar, e era essa lógica que estendiam ao próximo, a de contemplar sua humanidade e também amá-los.

Aproveitou que vinha refinando suas habilidades para o desafio e propôs para Fanta o seguinte: se durante o clima de convulsão política e social que tomava o país ela experimentasse dizer a palavra *democracia* dentro da igreja, se não a censurassem ou a acusassem de qualquer coisa, ele seguiria frequentando os cultos. Porém, se o resultado fosse diferente, ela o libertaria daquele fardo.

Isso foi na época em que o país exercia, mais uma vez, sua disposição em acarinhar o intolerável, e os seus donos se alinhavam, como sempre, a qualquer discurso que corroesse o cérebro do grupo que não possuía muito capital mas possuía revolta e que, estimulado pela condescendência dos que tinham o capital, acreditava, com uma ingenuidade de dar nos nervos, com uma perversidade mal disfarçada, que era necessário esmagar os que vinham abaixo deles. Não podiam dizer isso em voz alta, claro, e daí em voz alta falavam em corrupção, e era o suficiente.

Faça o teste, ele disse. Enche o peito e diz que tu tá interessada na defesa da democracia. Não precisa citar partido nenhum, político nenhum. Tu vai ver. Vão te chamar de comunista.

Combinado, Fanta disse.

Não falha, ele disse. É capaz de tu ser expulsa, aí tu também vai estar livre, porque quem fala em democracia para eles é comunista. Tenta, tu vai ver.

Ela não disse mais nada. Nem olhou para ele.

Ele ainda tinha um mapa mental para a casinha que a mãe herdara dos pais em São Francisco de Paula. Por algum motivo que Fanta não quisera compartilhar com ele — os motivos da mãe eram um mistério para ele —, ela não se sentia muito à vontade na casa. Visitaram o lugar pouquíssimas vezes, todas para resolver burocracias, todas muito rápidas, de modo que a casa guardava uma áurea de desconhecido que o encantava. Pedia para a mãe levá-lo até lá, em fins de semana planejados à exaustão, mas ela o despistava, prometendo que podiam ver os cânions em Cambará do Sul — aquilo sim era de meter medo.

Uma vez ele aceitou a proposta, com a condição de que passassem pelo menos um dia na casa dos avós. Lembra que anotou a idade que tinha ao fazer aquela visita — onze anos — porque ele viu a mãe falando sozinha, e isso o deixou maravilhado, como se ela fosse tão sozinha no mundo quanto ele.

Nessa visita, Fanta lhe mostrou um mapa amassado, desenhando com o dedo toda a extensão do terreno onde ficava a casa, e isso também o deixou maravilhado, porque ele adorava espaços desabitados, tinha a fantasia de que ainda eram intocados e que ele seria o primeiro ser humano a olhar para eles. Aquele era bem grande.

Ele não saía muito de casa desde que o relacionamento dele com Tamara chegara ao fim. Cancelou todas as disciplinas em que estava matriculado na universidade. O término do namoro também foi o término de sua presença nas redes sociais. Era impossível continuar ali, era impossível continuar no mundo, mas ali estava ele, no mundo; era mais fácil acabar com tudo quando se tratava de uma existência on-line.

Ela tinha ido embora.

Ele então ouviu de novo as palavras da mãe: *Tu vai terminar sozinho*. No fundo era o que desejava, terminar sozinho, porque então o seu sofrimento teria uma razão de ser. Não queria, no entanto, ter que admitir que Fanta estava certa sobre ele esse tempo todo. Era uma coisa ruim de fazer, condenar o Filho. A solidão em si não era ruim, não para ele, mas ainda gostava da ideia de terminar da forma como ele bem quisesse, e não como ela praguejava.

Pateticamente sozinho, agora; o machinho abusivo merece e mereceria. Sentindo um pouco de pena de si mesmo e também se desprezando por esse sentimento autocompassivo. Não tinha uma vida de adulto funcional, e agora não tinha mais Tamara.

Tu vai ficar sozinho, ela dizia. *Tu vai terminar sozinho*. No começo é apenas sua mãe o alertando, talvez preocupada. Esse é o medo dela, ainda não é o seu. Sua primeira namorada pode sim ir embora, você está começando. Se alguém não te quer, é natural, você também é novo demais para saber o que é querer alguém de verdade. Mas tem algo ali nas palavras dela — sempre tem, não tem? — que parece dizer que se alguém por acaso ficar com você é porque descobriu um tipo de amor até então desconhecido, um tipo de amor que ninguém, até hoje, não pôde sequer imaginar.

Um dia, a sensação que você vai ter é de ser alguém quebrado. Estragado. Incapaz. Que deu errado.

Para ele, ficar sozinho não era só uma coisa que acontecia; era mais uma decisão que, de alguma forma incomunicável, era também um dever e uma parte de seu caráter. Ele não *podia* ser diferente. Seria *errado*. Era assim. Ele julgava estar em paz com isso, não estava em seus planos fazer qualquer movimento para se livrar dessa situação, muito menos *lutar contra* ela. (Não suportava a ideia de lutar contra o que quer que seja, na verdade.)

Mas então por que estava percebendo, dia a dia, essa comichãozinha entre o que acreditava ser a vida dele e outra na qual ele poderia, como no filme a que assistira no sábado, ser convidado para se achegar num abraço oferecido por alguém que olhava para ele com... Aquilo era devoção? Por que essa cena, de resto tão desimportante para o filme, o tinha tocado como se arranhasse um machucado do qual ele havia tirado a casquinha? Ele tinha precisado fazer um esforço inversamente proporcional à importância da cena para não encher os olhos de água a ponto de elas virarem lágrimas que escapam dos olhos no cinema, mesmo que ninguém fosse ver aquilo.

Era uma sexta, portanto quase uma semana havia se passado, e ele estava pensando em procurar um filme que pudesse mostrar algo daquele tipo. Agora em casa, sozinho. Sentir de novo. Como era frustrante tentar sentir de novo algo que sentiu quando da primeira vez.

O espaço era um lugar tão encantador para ele porque talvez lá fosse possível conciliar essas duas vidas. Talvez em outro planeta, em outra galáxia a que ainda não podemos chegar, pudesse existir alguém que afinal fosse gostar dele, e pensar assim o acalmava. Não era de todo impossível, então. Mas era. Ele tinha nascido agora, e não no futuro, quando poderia chegar a esse outro lugar, viajando pelo espaço, porque espaço era tempo, e o seu tempo era errado.

Um ônibus espacial parecia mais adequado do que uma

nave. Não que a mãe tivesse questionado suas preferências lá atrás, quando ele o escolheu na única visita que fizeram a uma loja de brinquedos, depois de um dia difícil de consultas e avaliações com fonoaudiólogas e psicólogas. No ônibus, não se viaja sozinho, você está rodeado por pessoas aleatórias que desejam embarcar para onde você também está indo — era assim que sua imaginação infantil via as coisas. Ele conhecia os ônibus, de passagem, apesar de se recusar a entrar em um. Na nave ele estaria sozinho.

Não soa como ameaça uma frase pronunciada como uma quando o que está sendo ameaçado é aquilo que você buscou o tempo todo. Ele não tinha medo de ficar sozinho. A mãe era a pessoa que mais conhecia esse aspecto do seu caráter, depois dele mesmo. Se ela estava empregando esse tom, ele devia se preocupar. Acontece que não se preocupou.

Olhar para outra pessoa pela primeira vez. Nisso reside tudo, nisso todas as coisas se condensam. Você vê um enorme emaranhado de angústias, e decide se quer gostar ou não do que vê. A partir daí você vai tentar.

Ele pensava nessas coisas quando se olhava no espelho. Queria experimentar a sensação de poder ver a si mesmo e avaliar se, bem de repente, seria possível alguém decidir gostar do que via e, a partir disso, tentar gostar dele.

Na escola especial que frequentou (da tradicional não tem lembranças), teve sua única experiência amorosa, ainda que platônica e não correspondida. Em uma aula de artes a professora havia pedido para que cada aluno desenhasse seu sentimento favorito, escrevendo abaixo, com poucas palavras, por que esse sentimento, e não outro. *Não há tantos assim*, ele pensou.

Desenhou o amor, e o amor era um planeta a que ele estava destinado, em viagem: ele dentro de um ônibus espacial, sozinho, a cabeça apoiada na janelinha, os olhos mirando o céu, abertos e enormes, como se espantados, mal podendo acreditar no assombroso destino.

O amor me deixa sentir todos os outros, ele escreveu abaixo, na sua letra irritantemente perfeita.

Perguntou para a professora se podia ficar com o desenho, e ela permitiu. Atrás da folha, ele dedicou: *Para Cami*. Dobrou e, na saída para o intervalo, deixou debaixo do estojo da colega. Não quis assinar. Não queria que ela soubesse que ele pensava nela dessa forma, porque eles nem sequer haviam trocado uma palavra, então como podia desenhar o seu sentimento favorito e dar para ela?

Beijou uma guria desconhecida em uma brincadeira de trote na universidade e, na primeira festa dos bixos, tentou beijá-la de novo. Passou a noite toda procurando por ela e, quando a encontrou, ela estava usando a língua com outro guri, e ele não lembrava se ela tinha usado com ele.

Ele estava cansado de tanto suportar os barulhos da noite, para a qual treinou por várias semanas com a ajuda de suas terapeutas, mas mesmo assim esperou que o beijo terminasse e foi até ela.

Nem tenta, ela disse, virando as costas para ele, que ficou ali, alarmado com as luzes, repetindo sem parar e em voz baixa que ele estava bem e podia ir quando quisesse, era só ir embora.

Conheceu Tamara quando ela era bixo e ele tentava participar da recepção aos novos estudantes, muito a contragosto, dando tudo de si para se manter obediente às estratégias adotadas por toda a equipe multidisciplinar empenhada em fazer com que ele entrasse na faculdade e saísse dela formado. Como era exaustivo, e às vezes, durante todo o primeiro semestre, cedia ao desânimo e acreditava que seria impossível. Ele buscava consolo no pensamento de que o pior já havia passado e, dali por diante, a sua situação tendia a melhorar. Só precisava continuar.

Em um dos intervalos ele a encontrou sozinha no saguão do prédio da Letras, onde ele costumava ir tomar café, um pouco melhor que o da Famecos, na qual ambos estudavam. Não desgrudou os olhos dela até que percebeu o que estava fazendo e olhou envergonhado para o chão. Ela disse alguma coisa sobre ele ficar encarando a pessoa até que me entendas, riu, perguntou se ele fumava e o puxou para o pátio, tudo ao mesmo tempo, e ele não fazia ideia se durante toda essa interação conseguiu enfim abrir a boca ou não, mas de repente estava tragando o cigarro e soprando a fumaça para o ar gelado da manhã, e aquilo o acalmava.

Até aquele momento nenhuma terapia havia alcançado efeito parecido.

Lê outra vez, ele pediu.

Ela disse que sim, e leu: *Talvez eu entenda na outra vida, nesta apenas imagino.*

Na hora ele não soube o que dizer; não, não, ele soube exatamente o que precisava dizer, mas de imediato também soube que melhor seria ficar quieto e não dizer nada.

Desculpe ser o portador de más notícias, ouviu o seu narrador interno aferir, mas tu começas a te apaixonar por ela neste instante.

A frase era bonita, claro, mas foi *como* ela a leu que o encantou. O *talvez* dito como se ela risse da circunstância a que a frase aludia, a parada que fez não depois da vírgula, como era de esperar, mas depois de *nesta*. O *imagino* pronunciado por um arremate enigmático como se desse por encerrado o riso tímido com que havia lido o *talvez*.

Uma frase, de uma mulher que ele conhecia havia algumas horas, lida duas vezes no interior escuro, úmido e poeirento de um sebo às moscas do centro de Porto Alegre, depois que decidiram não voltar do intervalo e pegar o primeiro ônibus T1 que aparecesse.

A voz da consciência dele tinha total razão; pensando bem, nunca a origem dos acontecimentos que ele atribuía ao acaso lhe parecera tão discernível, tão escancarada, como se visse uma mágica ser realizada bem na frente do seu nariz e compreendesse, sem que fosse explicado, o mecanismo oculto que a colocava em marcha.

Caralho, pensou.

Tirou o livro da mão dela, numa atitude que nem cogitou ser rude, examinou a capa, leu o título do livro como quem lê a manchete do jornal e na próxima esquina já não se lembra nem da manchete nem do jornal, e tampouco de ter lido algo, sentiu o peso do exemplar, e disse:

Vamos levar, é um presente meu pra ti, mas deixa eu ler primeiro?

Nem passou pela cabeça dele que oferecer um presente assim, sem mais nem menos, e ainda logo no *primeiro dia*, no dia em que se conheceram, fosse motivo de susto.

Claro, tu parece ter gostado tanto, mas vamos indo, Tamara disse.

Eles riam juntos, e isso era novo, e eles riam das particularidades dele, e isso era novo. Pela primeira vez ele não era um problema. Ele era uma conversa que ela estava disposta a ter, uma conversa difícil, e nem por isso ruim. Tamara criava brincadeiras para as particularidades dele, e então o que era difícil não deixava de ser difícil, mas passava a ser pelo menos divertido. Tinha as mesmas dificuldades de sempre, que o atacavam com menor ou maior intensidade a depender do momento, mas agora tinha Tamara.

E assim eles combinaram que, na virada de 2020 para 2021, iriam pedalando de Porto Alegre a Pinhal e que durante o percurso era preciso fazer silêncio. Até mesmo algum imprevisto, como um pneu furado ou a necessidade de ir ao banheiro, deveria ser comunicado de qualquer forma possível, menos com palavras. Se sentissem vontade de dizer alguma coisa ao outro, que admirassem o que os levaria a quebrar o silêncio. O que tivessem a dizer, se sobrevivessem aos cento e onze quilômetros de distância (segundo o Google Maps) feitos de bicicleta em cinco horas e trinta e oito minutos (ainda segundo o Google Maps), poderia ser dito quando chegassem na praia, ouvindo o mar.

O percurso começaria no Gasômetro, e ele e Tamara se encontraram ali às quatro e meia da tarde. O dia 31 de dezembro de 2020 foi um dia bonito, sol e calor, e os dois apareceram não com roupas de ciclistas, que não tinham, mas com uns shortinhos e camisetas, capacetes, isso eles tinham, o corpo cremoso de protetor solar. E, cobrindo o rosto, como não podia deixar de ser, máscaras — embora ambos fossem tirá-las sem que o ato fosse informado na primeira meia hora de pedalada, quase no mesmo instante, e aí eles se olharam, e sorriram, e disso ele não se esqueceu por muito tempo.

Depois que deixaram para trás a Lomba do Pinheiro, passando pelo campus do Vale da UFRGS, quase entrando em Viamão, ele estava tão assustado pelo cansaço que teve, de imediato, a plena consciência das coisas óbvias: aquilo era uma loucura, pedalar tantos quilômetros, por tanto tempo, para eles não era algo a que estivessem habituados, ou ao menos preparados para fazer, mas sim um troço irrealizável, distante de qualquer outra experiência ou fato que pudesse antecipar esse momento.

Música também não podia. Nem ouvir nem cantar. As tardes em que ele pensava no tempo e percebia que era tempo demais — sim, havia uma música que falava isso, não havia? Qual era mesmo? Os pedais da bike dele rangiam. E a música estava na sua cabeça mas não a letra. Só a melodia, só os pedais. Era a quarta carcaça de cachorro, atirada ali no acostamento. Uma ultrapassagem que demorou alguns minutos, os estalos da correia se movimentando, e ele saiu na frente de Tamara e fez sinal com a mão direita para que reduzissem o ritmo, até estarem lado a lado. Ele queria parar para descansar e talvez comer uma banana, mas não fez nenhuma menção. Falar da cor dos temporais, lembrar de coisas que ninguém viu. Sim, era essa. Ela voltou a pedalar na frente dele, nada de esforço aparente apesar da camiseta grudada nas costas pelo suor, ela era uma com o tempo. Uma sensação que ele procurava mas ainda não havia encontrado. Nunca encontrou.

A placa mostrava que em doze quilômetros entrariam em Pinhal, e doze quilômetros é muito longe quando se tem na cabeça a frase que por alguns segundos parece perfeita e que se deseja dizer a alguém. Doze quilômetros é muito chão quando se está com sede e vontade de mijar, quando a musculatura do abdômen dói e a língua fica grossa dentro da boca. Doze quilômetros, e ele fez sinal para pararem, diminuiu a velocidade, deixou de pedalar e a esperou fazer o mesmo. Encostou a bicicleta com cuidado no asfalto do acostamento, fez mais um sinal, agora com os cinco dedos da mão aberta pedindo para Tamara esperar, e se enfiou no mato.

Sem mais nem menos, lembrou da história que um amigo havia lhe contado quando eles estavam no fim da adolescência.

O amigo tinha acabado de terminar com a primeira namorada e, abalado, chegou em casa e encontrou o pai na sala. Quando olhou para o pai sentiu vontade de chorar e chorou, o pai perguntou o que havia acontecido, o amigo contou que o namoro terminara, e o pai, sem tirar os olhos da TV e sem cessar os movimentos com a colher que entrava e saía de uma panela de feijão, respondeu:

Bah.

O amigo seguiu olhando para o pai e esperou mais alguma coisa, mas era só isso. O pai mergulhou a colher na panela de novo e voltou a comer o feijão, sem desviar o olhar do que assistia.

Havia muitos anos que não se lembrava mais dessa história.

Ele voltou para perto dela, juntou a bicicleta, ela fez o mesmo, e então pedalaram doze quilômetros, quarenta e um minutos, até a praia.

Soltaram as mochilas dos ombros. Tamara tirou duas taças enroladas num pano de prato da dela, da dele ele tirou duas garrafas de champanhe, a melhorzinha que conseguiram encontrar no posto de gasolina na entrada da cidade. Ela entrou na loja de conveniência para comprar a bebida, ele não podia ouvir a voz dela. Ainda. Ficou lá fora, ele e as bicicletas.

E então ele sentou na areia, passou os dedos para tirar o suor da testa, encerrou a atividade no relógio GPS, conferiu o tempo de pedalada, a distância percorrida, as mil duzentas e seis calorias queimadas, reparou nas horas, nove e trinta e quatro da noite, ouviu o baque surdo do corpo dela caindo ao lado do seu, percebeu que estava adiando o que já vinha adiando e o que talvez fosse melhor adiar para sempre, olhou para as pontas do cabelo dela pintadas de roxo e que o faziam pensar, sabe-se lá por quê, numa criatura marinha que descansa com os olhos bem abertos, e *disse*.

Tamara insistiu que ele não podia considerar sua condição como uma desvantagem, o que absolutamente era o que ele sentia, e sim como parte de quem ele era, pois o tornava único, ele era especial e as pessoas gostavam dele *por isso*, e não *apesar disso*.

Ele não queria concordar com ela, mas concordou porque não queria perdê-la. Ela era tão especial; isso sim, ela sim.

Ela disse não o que ele esperava ouvir, mas que o amava, e essa parte fez ele concordar com ela, e Tamara disse que, como estavam falando em amar, gostaria muito de pensar nisso com ele, de dividir com ele o que vinha pensando sobre o amor romântico, sobre outros tipos de amores, sobre não haver hierarquias, nem exclusividade, e aí ele meio que se perdeu, mas ela o trouxe de volta ao dizer a palavra *possessivo*.

Ela não se via mais em um relacionamento monogâmico, estava convicta de que esse modelo de relacionamento não combinava mais com ela, com as coisas que importavam para ela, e ainda disse que nem por isso ele precisava aceitar sem pensar no assunto e sem refletir se ele ficaria confortável com um acordo dessa natureza; tudo era uma questão de acordo e de conversa e de ajustes e de respeito e de não dar corda para essa ideia patriarcal de posse, um jeito de gostar que restringia nossos desejos e nosso corpo, e ele poderia apostar que ela falou alguma coisa sobre afetos, sobre esses afetos serem livres, e insistiu no cuidado e no respeito aos acordos.

Ele disse que não precisava refletir e que pela primeira vez na vida não ia ser o relógio atrasado, não se importava em abrir mão da monogamia, esse atraso, se fosse para ficar com ela.

A mãe dele falava coisas e ele as guardava — aparentemente era assim que a vida funcionava, o que não quer dizer que ele gostava das coisas que Fanta falava: gostava de algumas, e sentia que nem dessas devia gostar. Como se ela contasse uma historinha estranha que nos conduz a lugar nenhum, e nesse lugar nenhum, quando pomos os pés lá, entendemos que era disso que precisávamos.

A coisa mais solitária do mundo é um começo, Fanta vivia lhe dizendo. Quando você percebe que ali começa a nascer uma série desordenada de mal-entendidos que resulta no que mais tarde vamos relembrar, e inventar, como uma narrativa significativa em nossa vida — nada ganha disso, é a coisa mais solitária.

Outra:

Dizem que os cachorros sentem quando estão para morrer, Fanta dizia, e então eles se escondem, se afastam dos donos e procuram morrer sozinhos. Mas a real é que quase sempre eles estão enganados e não morrem; pelo contrário, sobrevivem porque se afastaram. Não importam as circunstâncias, se afastar é nossa única chance.

Na noite do dia 1º de janeiro de 2021, depois que a mãe de Tamara os buscou na praia de carro para trazer as bikes, ele sonhou com uma mulher desconhecida dizendo que o amava. Não entendia o porquê, mas sentia que ela não devia ter dito isso; era como se ela estivesse cometendo um erro, e ele tinha a obrigação de avisá-la. Então disse:

É mesmo? Acho que eu também.

Estava trapaceando, sabia disso, mas para ele não havia dúvidas de que essa era sua chance. Ele gostava dela, era como se a conhecesse, como se a conhecesse havia muito tempo, como se a conhecesse de outro planeta. Do nada, a imagem do sonho se transformou, a mulher se distanciou dele, ele sentia saudade de alguma coisa. O pai dela apareceu, e será que ele poderia fazer o favor de trocar o canal? Uma TV de proporções enormes surgiu na sua frente, um controle remoto brotou em sua mão, e, depois de apertar o único botão do controle, encerrou o sonho, e aí despertou.

Ele também se lembrava da história que Fanta contava sobre quando era criança e tinha dificuldades para dormir, indo parar na cama dela quase toda noite. Era a história de como ela própria não conseguia dormir assim que ele nasceu. Apesar da exaustão que um bebê é capaz de causar numa mãe, ela sentia uma espécie de depressão pós-parto ao avesso: de repente, sua vida ganhou intensidade, ela passou a se interessar por jardinagem, ler livros policiais, praticar mais de uma atividade física, ter vontade de transar mais de duas vezes por dia. Comia mais, tinha a impressão de que precisava de mais energia para dar conta de tudo que sua cabeça parecia pedir, e quando deitava para dormir, ainda que sentisse cansaço, não sabia como descansar, tinha desaprendido. Então pedia para o pai dele massagear os seus ombros, depois suas costas, as coxas, as batatas da perna. Não resolvia, mas remediava um pouco, e o sono, sempre atribulado, demorava, mas por fim acabava chegando.

Certa noite o pai dele, encerrada a sessão de massagem, tirou as meias dos pés dela e depois de dar dois beijos em cada pé os envolveu com as mãos, deitou de ponta-cabeça, como um meia nove, Fanta disse e desenhou o número numa folha de papel para mostrar a ele, e adormeceu assim. Nessa noite ela havia pegado no sono tão rápido que não pôde nem sentir os sinais da ansiedade próprios da insônia, apagou e despertou apenas no outro dia, como se a noite tivesse passado fulminante por ela, por ele, pelo quarto em que dormiram, descansada e até mesmo feliz. A partir de então ela só dormia assim, o pai dele fazendo uma concha em volta de seus pés. Funcionou.

Uma vez ele perguntou se podiam tentar. Fanta respondeu que não, que para dar certo era necessário um tipo de amor diferente do que existia entre mãe e filho, um tipo de amor mais misterioso, mas também mais fraco, um amor que não era incondicional, como o dela por ele, mas sim passível de quebrar. Era o amor que podia quebrar, ele próprio e quem o sentia, que tornava possível a mágica do sono.

Não começa, a mãe dele dizia, impaciente, com olhos de preguiça, e também de medo, quando ele tentava, ainda na infância, depois na adolescência, fazer com que ela contasse por que havia brigado com o tio, se o tio era essa pessoa tão amada por ela, e por que eles não eram mais próximos, e por que Eski não se aproximava muito dele, Filho dela, Filho da sobrinha tão amada por ele.

Poderia, se quisesse, e não queria, nunca quis, mas agora queria, lembrar da cara que ela fazia: a de quem vê a vida toda passar como um relâmpago por trás dos olhos.

Não vem me falar de fantasmas, ela meio que ordenava, o que queria dizer que a conversa estava terminada antes mesmo de começar.

Ele queria ser mais divertido, queria ser menos tímido, queria saber conversar sem demonstrar sua exasperação diante de outra pessoa, queria não ter medo do vínculo, queria saber o que é um vínculo por decisão sua. Mas ninguém acha graça dele, ninguém vem puxar papo, ninguém se importa com sua inabilidade social, ninguém decidiria ter com ele um vínculo.

Estava pensando nessas coisas, e em tantas outras que só o inconsciente dele podia conhecer, quando o quarto foi iluminado pela tela do celular. Não pretendia ver o que era. Mas se levantou da cama mesmo assim e mesmo assim não conseguiu resistir à ansiedade de uma notificação, de um sinal vindo sabe-se lá de que lugar. Antes de estender a mão para pegar o celular, ele torceu para que não fosse uma notificação automática dos aplicativos instalados e suplicantes. Estava esperando que acontecesse alguma coisa, qualquer coisa.

Tu é estéril, dizia a mensagem da mãe. Não pode, biologicamente falando, ser pai, gerar uma outra vida, uma outra pessoa, combinar seus genes para produzir um filhotinho, atentar para os detalhes do corpo, para as muitas formas que esse corpo assume para comunicar dor, prazer, repulsa, pânico, tu não tem como se perceber em nenhum desses gestos, não há rastro possível, herança genealógica em que se reconhecer, não há modulações de choro, depois de voz, depois de silêncio, em que tu possa escutar um eco do que um dia foi e será o som que é o teu e que vai morrer, acabar, em ti.

Como ela poderia saber de uma coisa dessas?

Escuta o que te digo, Fanta escreveu. Entenda que eu não queria dizer isso, mas estou dizendo, então considere isso um último esforço de minha parte. Com ele eu gostaria de te trazer pra perto? Não, eu sei como as coisas são.

Ele não soube o que pensar, mas havia se instalado nele uma inquietação nova, como se transmitida, finalmente, de mãe para Filho. Não o inquietava as notícias da mãe, mas sim seu discurso errático, despropositado, inesperado e, que estranho, sedutor.

Por ser quem ele era, desde que podia se lembrar de ser quem era, e não alguém que tinha que ser diferente, precisava que os dias fossem uma repetição. Compensava sua falta de desenvoltura com seres humanos com um dom especial para elaborar rotinas e se manter fiel a elas. Qualquer mínimo acidente de percurso nessa ordem ordinária do tempo era suficiente para mergulhá-lo em frustração e deslocamento. Se agarrar nessa sua boia era a sensação mais próxima que ele tinha de que o mundo poderia ir mais devagar com ele, para acompanhá-lo.

É verdade que ele fez poucos amigos na vida; é mais verdade ainda que relacionamentos amorosos, para ele, eram uma possibilidade tão improvável quanto acertar na loteria ou estar em um avião que cai (e sobreviver!), mas ele tinha seu conjunto de regras, seu código de horários e seu desenho da passagem do tempo, e isso tudo pode ter sido, pode, sim, ter sido os melhores amigos dele.

Bem na sua vez as coisas mudaram. Ele se conhecia tão bem, e conhecia a relação estranha e irremediável entre ele e a mãe, mas também conhecia seu entendimento de que família é igual estabilidade, de que ele e estabilidade tinham de ser um só, de que ter encontrado alguém era um atalho para essa estabilidade; não, um atalho não. De repente, Tamara tornou-se a boia.

Mas ninguém quer ser a boia de ninguém, o que ele não entendia, porque sua cabeça estava tão acostumada a procurar por uma que ele não tinha como saber que ninguém quer a responsabilidade de salvar ninguém.

O que ele aprendeu a entender como família estava aos poucos se diluindo, mais um entre tantos anseios que tinha e que se via obrigado a admitir que não era mais possível, não nesse mundo de agora, esse mundo que ele e a geração dele e de Tamara estavam ajudando a construir, desconstruindo o mundo que a geração de Fanta e de Eski construíram ao perpetuar uma série de problemas que de repente se tornaram insuportáveis. A história poderia ser resumida assim? Uma geração que desconstrói a anterior, de preferência a impelindo a se ajoelhar no milho diante da turma toda para se afastar dos seus erros, mas que vai cometer seus próprios erros para serem expiados pela próxima?

Em todo caso, ele não queria ter que desistir da sua ideia de família, porque nunca soube dizer a Tamara — e nem a si próprio — que ela era parte da família que ele queria para si, mas não sabia como não desistir sem impor a Tamara um relacionamento conceitualmente equivocado para ela, para os amigos, os dela e os dele — os que ele nem tinha.

Tamara fazia parte de um coletivo fundado por amigos do tempo da escola, uma das poucas instituições da rede privada com uma vertente mais progressista e, não seria exagero afirmar, politizada. Muitos dos pais desses amigos eram conhecidos da militância do partido que perdeu a eleição presidencial para o candidato que, eleito, convidou Fanta para a pasta de Edificação da Vida. Iniciaram os filhos em atividades partidárias desde cedo em uma época em que Porto Alegre surgia, para o país, como o berço do partido, solo fértil para suas ideias, um dos redutos da esquerda nacional que, não muito depois, daria a propulsão para a chegada ao Planalto pela primeira vez.

Os amigos de Tamara entraram na universidade ao mesmo tempo, e aquela amizade trocou os recreios pelos intervalos em campi muito mais plurais e diversos, o que os entusiasmou. Era reconfortante inaugurar esse novo momento da vida junto com os amigos de infância, e eles se sentiram especiais, segundo ela, ao perceberem, depois das primeiras semanas de aula, que inauguravam também um novo tempo para a educação superior do país, agora mais acessível, mais democrática. Os pais deles tinham lutado por isso, e agora eles estavam ali, vendo com os próprios olhos o resultado de toda uma luta dos pais, desde a juventude, para melhorar o país. Mas não se podia descansar e deixar de mirar o porvir, de modo que, estava claro, era a vez deles, dos filhos, dos filhos que desde os primeiros anos tiveram o privilégio — e, oh, eles reconheciam isso, não pensem que não — de desfrutar da melhor educação, de uma educação "libertadora". Como eram *especiais*. E como se sentiam *responsáveis*. Era a vez deles de dobrar as mangas da camisa e sujar as mãos, dedicando seu tempo e sua sensibilidade especiais para o país do amanhã.

Foi nesse contexto que decidiram, juntos, fundar o coletivo. Eles queriam percorrer escolas públicas para conscientizar os jovens sobre o que chamaram, no documento que redigiram para o ato de lançamento do projeto, de Comportamentos Inadequados.

Ele não queria mais saber, e na verdade nunca quis, portanto os detalhes sobre o conteúdo das palestras que o Comportamentos Inadequados proferiu em escolas públicas, sobretudo de periferias, precisarão ser imaginados, mas cuidado aí com essa imaginação porque o Comportamentos Inadequados não gostava muito de imaginação, ou só gostava da imaginação que confirmasse suas ideias e as coisas nas quais acreditavam.

O que não precisa ser imaginado, contudo, até porque seria uma imaginação pouco imaginativa caso se tratasse mesmo de uma, era a parceria com o governo do estado do Rio Grande do Sul, àquela altura aliado ao presidente, que, como são as coisas, era o chefe de Fanta, para todos os efeitos. Ele mesmo nunca assistiu àquela ladainha, gostaria de deixar claro. Tudo o que soube chegou até ele, contra a sua vontade, podia dizer, pelo relato de Tamara.

No relacionamento deles ela falava, ele ouvia, ela falava, ele ouvia, de modo que ele não pretendia deixar que a coisa se repetisse aqui — *E isso*, pensou, *será que configuraria um Comportamento Inadequado?* Pela primeira vez torcia para que sim.

* * *

Não demorou muito para o Comportamentos Inadequados se adaptar aos novos tempos — e também entender suas limitações: passaram a não ser bem recebidos em escolas mais pobres, porque aquela lenga-lenga, era óbvio, estava distante demais da vida da gurizada que tinha preocupações e problemas muito mais concretos para resolver.

Nisso, aqui entre nós, disse Tamara, encontraram certo alívio, porque ficavam assustados a cada visita que faziam, deixando celulares em casa, levando os modelos mais antigos, que mantinham para as poucas oportunidades em que andavam de ônibus, para não deixar eventuais assaltantes contrariados.

Encerraram o ciclo de palestras do primeiro ano com algumas disputas internas e a convicção de que uma reforma no propósito do coletivo viria a calhar — e os deixariam em situações bem menos desagradáveis, não é mesmo?, podendo inclusive voltar a defender, sem medo, a importância do que estavam fazendo.

A diretora do coletivo, Alicia, era uma das melhores amigas de Tamara. Para a assembleia que organizou para definir os rumos da atuação do Comportamentos Inadequados para o próximo ano, pediu à amiga que comparecesse e a apoiasse no que fosse preciso, pois estava se sentindo sozinha e exausta. Tamara disse que, claro, não só iria, como, agora que estava habituada ao ritmo da graduação, gostaria de se envolver mais no projeto.

Ela então o convidou para lhe fazer companhia.

Só assistir, de canto, ele disse.

De canto, ela concordou.

Escola não dá mais, disse Alicia. Informou que consultou informalmente um bom número de participantes do coletivo e que essa impressão era ampla, de modo que a decisão lhe parecia ponto pacífico. Propôs uma votação rápida e simples, em que era necessário apenas levantar o braço em apoio, para então seguirmos para a discussão das nossas novas abordagens. Ele foi o único a não levantar o braço, mas um sorriso ele deu. Não dava para saber em que sentido ia esse sorriso e o gesto enigmático lhe agradou.

Estavam reunidos na Redenção, espalhados em roda à direita do monumento ao Expedicionário, ocupando um naco de grama em que o sol produzia um aroma reconfortante em amálgama com a grama pisoteada; ainda havia o cheiro de gente, de que ele gostava, vindo talvez de tênis e botinhas descalços. Estendeu a mão e tocou o pé de Tamara, em posição de lótus ao lado dele, e ela sorriu, ele sorriu e pensou que amava essa guria.

Alicia disse que durante uma aula de narrativas do cinema ela e sua turma haviam assistido a um filme. O filme ela informou que não ia nomear porque, em suas palavras, não ia dar palco e ajudar a disseminar esse tipo de obra problemática que normaliza diversos Comportamentos Inadequados. Foi instada, contudo, a dividir com o grupo que Comportamentos seriam esses, e assim o fez.

Ele notou que a palma das suas mãos começou a suar, porque Tamara soltou a mão da dele e logo fez um movimento para secá-la na camiseta que vestia. Ele até hoje não sabe dizer o porquê, mas se levantou, caminhou até o pipoqueiro estacionado a poucos metros dali e perguntou se ele não tinha um cigarro.

Quando se aproximou novamente do grupo, tragando e expelindo a fumaça para cima, Tamara estava ao lado de Alicia. Elas cochichavam entre si enquanto os outros esticavam as pernas e enchiam cuias de chimarrão. Entendeu que fizeram uma pausa e decidiu não procurar a companhia da namorada. Ficou de canto, fumando, até Alicia tornar a falar e passar a palavra para Tamara. Ele não estava entendendo porra nenhuma.

Se o artista é escroto, ele carrega para a obra que cria sua visão escrota do mundo, e aí temos músicas, livros e filmes que perpetuam uma série de violências, dando fôlego aos discursos que nos matam, disse Alicia. Não estou dizendo pra queimar livros, não. Querem tolerar o intolerável e separar o artista da arte, esse papinho defendido só por quem não tem a sua existência ameaçada? Beleza, que faça isso na sua vida privada. Mas não podemos aceitar que essas produções sejam instrumentos para educar em um ambiente de aprendizado e de estímulo intelectual como a universidade, finalizou.

Pela primeira vez o grupo se mostrou completamente absorvido pelo discurso de Alicia. Ela teve toda a atenção deles. Fizeram silêncio quando ela terminou de falar, mas era um silêncio concentrado e expectante. Alguns segundos se passaram até alguém bater repetidas vezes num atabaque, chamando o grupo todo à reação de adesão à ideia proposta.

Tamara estava feliz ali, escudeira fiel da amiga, e foi a primeira a pedir a palavra. Disse que gostaria de ter participado de outros encontros do grupo. A energia que estava sentindo a consolava pela derrota que sofreram e também era o apoio mútuo de que precisavam para nutrir a defesa frente aos ataques que os próximos quatro anos reservavam. Não seria fácil, mas tinham uns aos outros. E será que alguém acha mesmo que o mundo vai ser um lugar pior se deixassem de assistir aos filmes do Woody Allen? Poderiam viver sem isso. Tranquilamente.

Por que vocês não param de cagar regra e ensinam os guri e as guria a fazer alguma dessas coisa que vocês tão estudando?, largou a pergunta o operador de som do estúdio da Faculdade de Comunicação, um cara com os dentes idênticos a grânulos de milho, esmaltados pela incessante atividade de fumante, praticada a cada quinze minutos, escapando dos alunos, deixando-os operar a mesa, de saco cheio de tanta gente jovem e burra — como ele dizia sem nenhum pudor para a parcela pequena de alunos de cada turma que via nele um confidente para quem desabafar sobre as disciplinas. Esse operador de som largou a pergunta com o cigarro ainda a meio caminho de ser tocado pela chama do isqueiro, equilibrado com uma elegância inequívoca lá na pontinha da boca, imóvel mesmo com os movimentos dos lábios que pareciam relaxados e na companhia de um amigo com quem gostavam de estar. Era como se eles encarassem o isqueiro com um sorriso um tantinho malicioso.

O Filho estava perdido nessas imagens quando ouviu a pergunta, e algo da cena instalou na sua cabeça a suspeita de que aquele era um momento de que ele haveria de se lembrar.

Alguém logo entendeu que o silêncio seria conivente com o comentário do operador de som e perguntou:

Tipo o quê?

Não são vocês que são os fodão, que ficam aí matraqueando sobre o que os outros fazem da vida com base no que vocês assistem ou leem e acham bonitinho no mundo cor-de-rosa de vocês? Vocês que me digam, o cara respondeu. Pra apontar o dedo são uns leão, né? Pra ir lá e entender a situação dos cara e sacar que eles na maioria das vezes nem sabem do que vocês tão falando, e aí fazer por eles algo que pode, sei lá, dar uma esperançazinha de um dia eles também terem um pouquinho do que vocês têm, aí são uns gatinho, né?

Ele terminou no momento exato em que um cara de óculos e cabeça raspada apareceu atrás da rodinha que havia se formado. Foi como se todos percebessem sem a necessidade de uma palavra sequer que esse camarada aí era um estranho, ninguém aqui sabe de onde saiu. A assombração perguntou se eles por acaso não estavam a fim de conhecer um lugar do caralho em que as pessoas se conectavam com o corpo e com o planeta e com todos os elementos que nos formavam de um jeito meio que impossível pra quem vivia na cidade, e ele sabia do que estava falando porque ele mesmo morava na cidade e agora tinha se mudado pra lá, e duas vezes por semana pegava um ônibus e vinha a Porto Alegre pra trocar essa ideia com a gurizada, e aí o sexo que rolava quando a comunidade estava nessa mesma sintonia, desconectada das picuinhas da internet e dessa palhaçada de política e quem é que roubou menos, sentindo na palma da mão a temperatura da terra resfriar o coco, e respirando assim bem na manha pra oxigenar cada musculozinho vital desse templo que é o nosso corpo e que existe pra nos dar um tipo de prazer que ele apostava que ninguém aqui conhecia ainda, esse sexo, meu chapéu. Dá uma olhada só nessa agenda, fera. E lá não tem apego, gurizada, ninguém é propriedade de ninguém, tá ligado? Palha isso, vai dizer.

O grupo se dispersou quando o operador de som disse:

Aham, mas eu trabalho, soltando a fumaça que recém havia tragado pelo nariz como o rastro de um jato no céu.

Mas o Filho ficou ali, meio sem entender o que fazer para dar por encerrada aquela interação social, uma das raras que o havia fisgado de uma maneira quase religiosa.

Te faço por vinte a agendinha. Vi que tu curtiu, o cara disse.

O Comportamentos Inadequados se reuniu naquela mesma semana numa ensolarada mesa do Xirú, tardinha de uma sexta-feira modulada por aquela fina camada de sebo — a gosma do calor tão conhecida dos porto-alegrenses —, mas movimentada pelos alunos do direito. A maioria dos integrantes do grupo pertencia à Faculdade de Comunicação, mas depois vinha essa turma do direito, habilidosa em defender qualquer tipo de coisa, imagina se não seria o caso de saberem convencer a respeito de qual bar deveriam tomar aquela ceva.

Tamara cochichou para ele, enquanto esperavam do outro lado da calçada para atravessar a rua e o corredor de ônibus, que estava com vontade de transar e que portanto ela não queria demorar muito ali, dessa vez, só o tempo de dar um oi para depois não dizerem que ela não compareceu.

Só duas cervejas mais tarde o motivo que os levara ali foi de fato mencionado.

O operador de som estava certo, Alicia disse.

O nome do cara não era Operador de Som.

Alicia resumiu o monólogo para os que não estavam lá.

Se pá a nossa postura é meio arrogante, ela admitiu, quase como se estivesse confessando um Comportamento Inadequado, ainda sem saber exatamente qual, mas dando a entender que era meio difícil para ela estar ali, quase como se ajoelhar no milho fosse o castigo merecido.

Puta que pariu, hoje não tô por essa lenga-lenga. Só queria Polar, Tamara disse.

Vamos pedir, acho que a galera tá tomando o quê— Original?, ele respondeu.

Meu lentinho. Não lembra a figurinha? Só queria Polar no teu pau.

Alguém derrubou um copo no chão, e o vidro se espatifando o deixou em estado de alerta. Não soube retomar a piada. Ele queria ficar. O normal era desprezar esses encontros, mas agora ele se sentia atraído, e Alicia parecia mesmo estar sendo honesta sobre a própria arrogância e a do grupo.

Nesses momentos, ele se pegava pensando na inata disposição das pessoas para as contradições. Era por meio delas que as pessoas se tornavam quem eram, e se havia algum motivo para amar alguém o motivo era esse.

* * *

Eles não ficaram até o final e também não transaram, porque quando chegaram em casa ele estava se sentindo acuado por algum bicho desconhecido. Esse bicho não era Tamara, mas naquele momento ele disse que se ela quisesse tanto transar, eles tinham um relacionamento aberto, que ela fez tanta questão de ter. Era para esses momentos que ela tinha plantado nele essa coisa, não era? Aproveita.

Por que tu precisa ser grosso?, ela quis saber.

Porque o que pra ti é grosseria pra mim é só um fato, que eu apenas te trouxe à lembrança. Não posso fazer nada se os fatos te agridem.

Como tu é bonzinho, obrigada. Vou ver o que posso fazer com a prerrogativa do nosso relacionamento aberto então. Fica tranquilo, fica com os fatos. Vou lá ver o que dá pra fazer com eles.

Ela saiu e bateu a porta e depois tocou a campainha.

Eu preciso que tu desça pra abrir lá embaixo, ela pediu.

Nesse intervalo, ela meio que esqueceu por que estavam tratando um ao outro dessa forma.

Eu desço, claro.

Dentro do elevador, Tamara limpava a lágrima que vazava devagarinho pela quina de fora do olho usando o mindinho. Ele quis dizer qualquer coisa que pudesse pôr fim àquilo, mas não soube. Abriu o portão com um bipe da *tag*, e ela saiu para a rua sem se despedir direito dele.

Era isso, então. Ainda se veriam, e conversariam, e transariam, e discutiriam, e tentariam escutar um ao outro, e tentariam machucar um ao outro, e acreditariam que teriam tempo para amar melhor um ao outro. Mas aquilo era uma despedida, e nem ele nem ela puderam reconhecê-la.

* * *

Ele sabia que Tamara tinha o que ele próprio jamais teve, uma desenvoltura para transitar pela vida, uma não urgência em perceber e querer ser percebida. Ele admirava isso nela, e também a amava mais por isso — não saberia elaborar como, nem por quê. A relação dos dois funcionava nesse sistema de peso e contrapeso, e a parte dele, em quase todo o tempo, era a do peso, atenuado por Tamara. A gravidade. Passava noites em claro lendo obsessivamente a respeito da gravidade e de como a gente poderia habitar um possível mas improvável planeta no espaço, esperando para ser descoberto bem a tempo. Na época ele não pensava se seria a tempo, nem a tempo do quê, mas agora ele entendia. Não dava mais tempo, não haviam encontrado planeta nenhum, e se encontrarem um agora para ele não havia qualquer importância.

Concordo que a gente não precisa ficar vendo filminho de calvo, disse uma das mulheres, até então discreta em suas manifestações, no encontro seguinte do Comportamentos, em que ele apareceu mais para ver Tamara do que admitir que estava se envolvendo com o grupo e gostando. Mas quero discordar um pouco, com todo o respeito. E se a gente pegar essas obras problemáticas aí pra discutir alguns temas importantes e ensinar que aquilo ali é ruim etc.? Tipo pra ilustrar os Comportamentos? Eu gostava da abordagem mais concreta das palestras em escolas por isso. Acho que dá pra juntar as duas coisas, sabe.

Bah, total, o cara ao lado dela largou.

Então concordaram todos em adicionar a palavra *Arte* ao nome do coletivo.

Ele sabia que de *algum modo* e em *algum grau* o grupo tinha razão, ou algo próximo disso. E incomodamente sabia que eles também estavam errados, dando a resposta equivocada para uma pergunta que ninguém havia formulado, senão eles mesmos, e também de maneira equivocada. Essa consciência, ele descobriu, estivera entranhada nele todo o tempo, embora só agora pudesse acessá-la. Talvez estivesse em todos nós. Uma lamentável disposição a responder sempre errado e de novo voltar a concluir que precisava oferecer novas respostas ao mundo, sempre e tão somente erradas. O mundo não fazia pergunta nenhuma.

Quem te chama para conversar sem dizer muito do que trata essa conversa parece deter uma espécie de poder, um poder de que não se pode abrir mão, e esse poder parecia a ele — depois que ficou sabendo que a conversa de Tamara incluía uma terceira pessoa por quem ela estava se apaixonando e uma quarta pessoa que ainda não existia, mas estava por vir — um atestado de que as relações todas são mediadas pelo simples e delicado equilíbrio alcançado ou ameaçado pelas decisões que somos obrigados a tomar quando uma palavra nos parece melhor do que a outra na hora de comunicar a brutal agonia que é viver rondando um discurso que exprima exatamente o que estamos sentindo sem jamais no entanto colocarmos as nossas mãos nele.

Tamara disse que precisava conversar. Tamara também disse:

Eu me apaixonei por outra pessoa.

Quê?

Eu acho que estou me apaixonando por outra pessoa, quero dizer.

Meu Deus, ele disse.

Pois é.

Eles estavam nus na cama depois de acordar e transar rapidinho, a agenda favorita de ambos para os domingos de manhã em que comemoravam acordar sem ressaca, felizes e orgulhosos por terem desejado ficar em casa sábado à noite, assistindo a qualquer bobagem na TV, convictos de que essa harmonia era muito melhor do que gastar demais para passar frio na rua e ver pessoas queridas em situações constrangedoras abusando de álcool e outras drogas atrás de bocas que idealizavam beijar, bocas que sorriam em frente aos mesmos três ou quatro bares da cidade que a bolha deles frequentava todos os finais de semana. Mal podiam acreditar que faziam a mesma coisa — nada pode ser tão definitivo quanto uma historinha criada para justificar escolhas que só em retrospecto parecem ruins.

Ele tirou o braço que Tamara usava para se aninhar e se sentou na cama. Vestiu a cueca. Ela perguntou se ele podia prestar atenção no que ela estava dizendo; ela estava se abrindo sobre uma coisa importante. E ele sentiu que ela estava querendo ser apreciada por ter a nobreza de dividir com ele o que a maioria das pessoas esconde e deixa passar, ou esconde e baliza seus comportamentos questionáveis dali por diante num ressentimento mudo por não terem se sentido confiantes o bastante no vínculo que tinham para ser totalmente honestas.

Não acho que eu esteja em condições de ter essa conversa agora, o que não significa que eu esteja deslegitimando tua tentativa de me dizer o que tu acabou de dizer, só quero pensar antes de falar qualquer coisa assim, surpreso e magoado como eu tô, ele disse.

Magoado?

Pronto, a palavra que ele escolheu não havia sido a mais adequada, e agora ele tinha disparado o gatilho de uma discussão que não queria ter e que, não havia dúvidas, soterraria a discussão que precisavam ter. Ele estava perdendo e ao mesmo tempo percebia que esse era um jogo que já tinha perdido anos atrás, décadas atrás, séculos atrás; havia toda uma história social, cultural e antropológica que agora o colocava em desvantagem e no terrível papel de não poder sequer dar uma esperneadinha quanto a isso sem confirmar toda essa mesma história. Ele reconhecia tudo isso e não daria esperneadinha nenhuma.

Ele tinha se afastado tanto da mãe.

Ao longo da vida ele não se sentia parte de família nenhuma, mas era isso que desejava, agora estava claro que tinha desejado isso o tempo todo. A família da igreja na qual Fanta insistiu em inseri-lo desde os primeiros anos — não, ele não era parte daquilo, sem dúvidas. Por mais que tenha convivido toda a infância com aquelas pessoas e se sentido inclusive cuidado, protegido e de certa forma nutrido pelas doses de estima que despejavam todo domingo sobre ele, não entendia por que ele não podia valorizá-las pelo menos um pouco, se não por gratidão, quem sabe por culpa.

Se tu tá magoado por eu estar emocionalmente envolvida com outra pessoa, devia ter pensado nessa possibilidade lá atrás, quando chegamos a um acordo sobre o tipo de relacionamento que queríamos, ela disse.

Querer é uma palavra meio forte, no meu caso.

Não foi o que tu disse.

Sim, mas—

E nem é isso o mais importante, mas tu não pode me ouvir antes de pensar em como eu provavelmente sou a insensível por te impor um relacionamento que tu também queria e te magoar. O que eu queria mesmo te dizer é que eu tô grávida. Me descuidei e dei azar.

Tamara, eu nem posso—

Não transei sem proteção, óbvio, mas a camisinha… Enfim, a gente sabe que não é um método cem por cento confiável. Não sei quem é o pai. Vamos ter que decidir o que fazer.

Vai te foder.

* * *

Ele costumava pensar que tinha a vida pela frente para reverter qualquer comportamento condenável que pudesse ter. Que ainda teria tempo. Que aprenderia a não ser um homem de quem as pessoas preferissem, depois de conhecê-lo, tomar uma distância prudente, e depois de conhecê-lo bem, tomar todas as precauções para não precisar mais ter qualquer tipo de contato com ele.

Ele provaria que ela estava errada. Haveria um preço a ser pago, talvez, mas ele ainda não tinha muita certeza.

Cometeu um erro e tinha consciência disso. O problema é que demorou um bocado para se dar conta do erro, da natureza do erro, do tamanho do erro, da extensão do erro, da insistência com que o cometia, da sua incapacidade de vê-lo e de interromper sua repetição, de como ele era recebido e absorvido pela namorada, da fronteira já borrada entre o erro e quem ele era. O problema, de novo e sempre, é o tempo — depois de admitir para si mesmo o erro, ele achou que podia consertar, tentou consertar, para só então se deparar com o fato de que tentar consertar já é cair em outro tipo de erro, esse mais recorrente, e até mais ingênuo, quem sabe até mesmo querido, o de achar que há como remediar o primeiro e fundador erro.

O que não se deve fazer *depois* de fazer merda e por isso ser descartado: não tente pedir uma chance para consertar as coisas. Não tente nem consertar o que quer que seja. Não há conserto. E de todo modo já era tarde; era sempre tarde para ele.

O coletivo Arte & Comportamentos Inadequados convocou uma reunião de emergência quando soube. Alicia convidou Tamara.

Quando a mãe dele apareceu na *live* semanal do presidente, Tamara enviou uma mensagem perguntando que merda era aquela. Ele não respondeu. Não tinha uma resposta para dar porque também se perguntava que merda era aquela e não lhe ocorria nada. Mesmo que tivesse essa resposta, ele não daria para Tamara. Não queria falar com ela. Não queria pensar nela, e era só em não pensar nela que ele passou os dias seguintes pensando.

Até que ela mandou uma mensagem de áudio pedindo para que se encontrassem. Ele aceitou porque ela disse:

Eu sei que o filho não é teu. Eu sei que não *pode* ser teu.

Como ela sabia?

Ele respondeu prontamente disposto a encontrá-la.

Tamara disse que Fanta havia mandado um e-mail muito estranho para ela.

Achei melhor nem responder porque eu não sabia que *ela* sabia. Da gravidez. Tu não me disse que tinha contado pra ela, Tamara reclamou. Não achou importante?

Eu não contei.

E como ela sabe?

Eu gostaria de dizer que gostaria de saber, mas na real eu não quero.

Ele achou melhor não contar que havia recebido uma mensagem parecida da mãe. Por que não havia dito a Tamara que o filho não podia ser dele?

Porque eu não sei se não pode ser meu. Não sei de onde ela tirou essa história e não quero saber. Esquece isso, por favor.

E se eu quiser ter? A criança.

Não muda nada. Tu ainda decide o que quer fazer, eu ainda te apoio na tua decisão. O resto a gente vê.

Tamara e ele assistiram de novo à *live* — inclusive tinham

o costume de rir da tosquice daquelas transmissões, agora temperada com a figura de Fanta, uma pessoa tão próxima e tão distante, as duas coisas. Tamara achava aquilo repulsivo, disse que era ridículo, um papelão.

Tua mãe é inacreditável. Não consigo acreditar que ela tá se prestando a *isso*. Nem consigo acreditar que *essa* é a tua mãe, a mesma que fumava um cigarro atrás do outro quanto tu me apresentou pra ela, Tamara disse.

Ela apertava o braço dele com força a cada ponto-final de frase, como se o sofrimento ao ouvir o discurso de Fanta fosse físico, e ela, por sua vez, precisasse pontuá-lo para alguém.

Ele balbuciava qualquer palavra de compreensão. Ainda não reconhecia exatamente de onde vinha o mal-estar que sentia.

Com a idade que ele tinha agora, sua mãe era a líder de um Grupo de Jovens de uma igreja reconhecida pela exploração de pessoas social e emocionalmente vulneráveis. O nome do grupo era Os Eleitos.

Ele gostava de ir sozinho e se reunir a desconhecidos numa esquina do centro de Porto Alegre em que alguém ainda mais desconhecido, num caminhão de som, gritava coisas para aquele grupo meio improvável de trabalhadores que paravam para comprar uma ceva e ouvir a adaptação em monólogo das discussões das redes sociais que os colegas de faculdade adoravam ter. Era o jeito dele de fazer parte, de não encontrar necessidade de se identificar com nada além daquilo que os unia ali, essa espécie de seita desorientada que tinha fé de que milhares de pessoas na rua contra os interesses do capital poderiam servir para alguma coisa. Acreditava na importância de defender esse tipo de coisa, claro. Mas era possível que esse fosse apenas mais um capricho seu para se distanciar o máximo que podia da mãe, e não sua necessidade de militar politicamente, uma vez que ele enchia o saco rápido das palavras de ordem e não suportava muito tempo permanecer em multidões.

Era assim que se sentia: como um adolescente que não toma as próprias decisões, um adolescente que toma as decisões que aparentemente sustenta tão somente para confrontar. Se era mesmo assim, se era justo com ele ver as coisas desse modo, a lógica dizia que sua vida não passava de um desarranjo, de uma série de equívocos, de um amontoado de desrazões que o levaram tão longe de si que agora não conseguia mais passar por aquela fase de amadurecimento e de descoberta de identidade pela qual todos, de um jeito mais ou menos atrapalhado, conseguem passar.

Queria evitar o pensamento de que sua mãe era a culpada por isso, porque pensar nesses termos era reafirmar sua eterna adolescência, então não queria pensar na sua mãe nesses termos. Mas não conseguia, claro que não conseguia.

A mesma que larga o filho *deficiente* pra se virar sozinho e faz contato só quando já tá na segunda garrafa de vinho, Tamara completou.

Ele olhou para ela.

Desculpa, ela disse. Tu não é—

O que eu não sou, Tamara? O que tu *acha* que sabe sobre mim? Sobre a minha mãe? Tu acha *mesmo* que pode julgar a minha relação com ela? Imagino que dar pra outro cara e engravidar dele te autorize a fazer isso, né.

Ele mandou mensagem para Tamara para perguntar se ela compareceria ao encontro do Comportamentos daquela semana, e ela disse que não.

Eu acho que vou, não quer ir mesmo?, ele tentou.

Não, ela disse. Mais nada.

Meia hora depois Tamara mandou outra mensagem:

Por que agora tu quer ir? Tu nem gosta do grupo, revira os olhos para tudo. Tu é bom demais para eles, né?

Ele respondeu:

Vou descobrir.

Ele foi. Chegou um pouco atrasado, e quem estava falando era um homem negro, um cara que ele ainda não conhecia. Tinha um jeito de falar que era um jeito de pensar, e eram raras as pessoas que conjuram essas duas coisas. Ele disse que a pilha dele era ensinar narrativas e linguagens para as crianças de comunidades marginalizadas. Não adiantava chegar lá e querer dar uma aula.

Eles querem outro tipo de movimento, como se tivessem a vontade, ainda que não saibam expressá-la, de ser protagonista do que estão fazendo. Nem sempre o que eles estão fazendo é algo que a gente vai entender. Vocês conseguem desligar o juízo moral? Não se ensina nada para ninguém se a gente não desliga o juízo moral.

O Filho estava nas mãos do cara já.

Depois da palestra do cara, que se chamava Radamés, ele foi até Alicia. Deu um oi. Ela deu só um sorriso e virou a cabeça para o outro lado.

Escuta. Posso falar contigo rapidinho, ele perguntou, tocando no braço dela, o que logo se arrependeu de fazer. Não gostava que tocassem nele. Tolerava alguns toques. Pensou que Alicia não toleraria o dele. Ela voltou o rosto, que foi subindo do braço tocado até os olhos dele.

Pode.

Eu perdi o começo da fala do Radamés, mas gostei muito do que consegui ouvir. De onde ele é? Não é da universidade, né? Sei lá, o que quero te perguntar é se tudo bem eu participar do grupo. *Sei* que tu *sabe* da minha má vontade. Mas enfim.

Eu *sei* mesmo. Olha, não vou te esconder que eu não vou com a tua cara. A Tamara me contou o que rolou depois que vocês saíram da reunião. Achei bem merda. Minha amiga estar nessa relação meio que me incomoda. Mas a vida é dela. E o grupo aqui não é meu. Se quiser participar, participa. Só não esquece de que nada aqui é para tratar de questões pessoais. Não é terapia em grupo. Os teus BOs tu segura sozinho e em outro lugar. E se for escroto com a minha amiga na minha frente, tu vai ouvir. É isso, seja bem-vindo.

Eles subiram na van alugada. Era um sábado, e uns poucos tinham cara de que quase nem dormiram, se é que dormiram, e o interior do veículo recendia a bebida. Ele foi o primeiro a subir e se sentou no último banco, na janela. Alicia subiu por último, contou os presentes, como se fizesse a chamada numa sala de aula.

A Tamara não vem? Ela estava falando com ele, embora nem tenha se dado ao trabalho de chamá-lo pelo nome.

Oi? Não ouvi.

A Tamara. Tu sabe dela? Ela vem?

Não sei. Eu mandei mensagem avisando que vinha, ela não respondeu.

Então é isso, motora. Pode tocar o barco.

E o Radamés?, ele perguntou.

Ele vai nos encontrar lá.

Fez o caminho da PUCRS até o coração da Restinga em silêncio. Percebeu que o grupo reunido na van era bem menor que aquele que se juntava nos primeiros tempos do Comportamentos. Os remanescentes e interessados na atividade do dia eram mais quietos, talvez mal se conhecessem direito. Reparou também que essas pessoas não haviam falado muito nas reuniões em que ele havia comparecido. Pareciam atores, pessoas contratadas para dar volume a qualquer ideia. Mas não eram, porque assim que desceram, na Praça Central, o cara que viajou ao lado dele estava sorrindo. Ele disse:

Eu me criei aqui, não sabia que sentia saudade desse lugar.

O Filho sorriu e disse:

Que massa. Teu nome é?

Ele disse o nome.

Meu tio morreu aqui perto.

Na Tinga? Mataram ele?

Não, não. No Lami. Ele vivia meio isolado num barraco passando a área da praia. Tinha uma canoazinha, que usava pra soltar a rede e pescar às vezes. Encontram ele boiando nessa canoa, perto da praia, de manhã cedo. Era o tio da minha mãe, na real. Meu tio-avô.

Bah, que teto. Meus sentimentos.

Nesse momento, reconheceu a caminhonete da mãe de Tamara estacionando atrás da van. Foi até lá. A porta do motorista foi aberta como se a tampa de um pote deslocasse o ar.

No banco ao lado do de Tamara estava Radamés, olhando para a frente sem piscar, imóvel como um boneco que seria retirado dali para as atividades cênicas do dia, como se sua presença pudesse ser invisível caso não fizesse nenhum movimento para denunciá-la.

Oi. Como tu tá? Não quis falar comigo.

Oi. Não quis. Me atrasei e tive que vir de carro. Trouxe a câmera. Não queria deixar de participar de hoje. Tu tá bem?

Eu tô, mas—

Que bom. A gente pode conversar outra hora? É melhor.

Ela abriu o porta-malas e tirou uma mochila grande de lá,

com todo o equipamento fotográfico: lentes, baterias, tripé. Tamara se movia como se seus braços sorrissem, sabendo que eram observados.

Me ajuda com isso, ela disse. Ele também caminhou como se estivesse achando graça de uma piada entre eles, uma piada que ainda não contaram um para o outro. Sente que essa piada vai divertir os dois. No momento certo.

A atividade consistia em pensar em histórias da vida.

Como a gente pode complicar essas histórias, pessoal, Radamés perguntava. Eu trouxe uns amigos, essas pessoas são muito legais e inteligentes, e elas frequentam a universidade, que é o lugar que eu desejo que vocês possam frequentar também. Digamos que eles estudam muitas coisas diferentes, mas todos aqui sabem um pouquinho sobre contar histórias, e o que a gente quer é ajudar vocês a contar a história de vocês de um jeito que faça sentido para cada um. Vocês vão contar essas histórias, a gente vai estar aqui para conversar sobre, para oferecer ajuda, fazer perguntas, facilitar as coisas para vocês acessarem um lugar aí dentro de vocês que vocês sabem que existe, porque as histórias estão aí. Elas não sabem como sair, vocês querem que elas saiam, e vamos fazer isso juntos. Ok, pessoal?

Eles se levantaram das primeiras cadeiras, dispostas bem à frente de onde Radamés falava. Curiosos bordejavam o espaço ocupado pelos adolescentes. Alguns sorviam o chimarrão da cuia, em um coro assíncrono, mas familiar. Outros acendiam cigarros e fumavam com expressão de desesperança no olhar, que vagava entre Radamés, as crianças, as motos com escapamento cortado que pipocavam nas vias que margeavam a praça.

Quando ele se virou para contemplar o grupo de jovens de frente, suas mãos suavam tanto que ele as acomodou nos bolsos traseiros da calça. A composição da imagem, o olhar expectante das criaturinhas, o sorriso malicioso dos mais bagunceiros, os moradores que tinham parado ali sem saber o que aquilo tinha a ver com a vida deles, a súbita sensação de que ninguém ali sabia para onde sua vida caminhava — esse quadro levou a cabeça dele até Fanta, sua mãe, sua contradição.

Pelas vielas estreitas o ganido dos cachorros como espectro clamando no purgatório por alguma companhia atiçava todos os pelos do corpo dele.

O grupo de que fazia parte era liderado por Alicia. Tamara e Radamés ficaram em outro grupo. Ele e Alicia falaram de um filme chamado *O homem que copiava*, um filme gaúcho, disseram, sobre um gurizão como vocês.

Assistiram ao filme pela manhã, depois fizeram um intervalo para o almoço e um breve descanso, e agora procuravam a casa de um homem conhecido na comunidade como Sonâmbulo Acordado. Por muito tempo, segundo o relato dos piás, o Sonâmbulo Acordado foi um dos líderes do grupo que controlava o tráfico de drogas na vila, mesmo que—

Eles pararam de falar.

Que o quê?, ele e Alicia perguntaram quase ao mesmo tempo.

Vocês logo vão ver, responderam.

Ele era cego de nascença, e os dois olhos eram duas bolitas leitosas ou dois planetas extintos que pareciam encontrar o fundo de todas as coisas. Decidiu abandonar suas atividades pouco lícitas quando um dia acordou e disse estar enxergando o dia que sua filha voltaria para visitá-lo. Eles haviam se separado quando ela tinha seis anos e se mudou com a mãe para o Cairo, depois que a mãe conheceu um carinha de lá que andava pelas boates onde ela se apresentava encerrada a temporada de trabalho do carinha num navio do porto de Rio Grande.

Quero estar vivo quando ela chegar para me ver, o Sonâmbulo Acordado disse para ele e para Alicia, de repente dois amigos insuspeitos, cúmplices de uma história que, tinham certeza, o fariam lembrar desse momento e de um e de outro pelo resto da vida, como se testemunhassem juntos o nascimento da criança da qual os dois seriam padrinhos.

Os guris e as gurias perguntaram se podiam filmar o depoimento e perguntaram o que é que o Sonâmbulo Acordado achava da ideia de eles fazerem um filme sobre ele, um filme em que a filha dele voltava e aí tudo acabaria bem.

Esse filme já existe, o Sonâmbulo Acordado disse. Eu já fiz. Aqui dentro.

Verdade. Mas é que a gente não pode ver, ninguém mais pode, respondeu uma guria com a camiseta do Grêmio com o número seis nas costas.

O Filho ficou encarando aquele seis como se ele estivesse vivo, movendo-se, girando sobre seu próprio eixo, um planeta alheio à pobreza, aos sonhos, às histórias vividas e imaginadas, aos amores que não se realizam ou se realizam para depois se desfazerem, um planeta que não espera a volta de ninguém.

Eu também não poderia ver o de vocês, o Sonâmbulo Acordado disse. Ele estava sorrindo, e era como se sua boca agora pudesse ver por ele.

Dias mais tarde, acordou depois de ter o que lhe parecia a pior noite de sono da sua vida. Assim que abriu os olhos, não conseguiu pensar em mais nada a fazer a não ser chorar, e mal entendia por que estava chorando.

Tinha reduzido o contato com Tamara ao mínimo necessário. Eles haviam combinado que a decisão era dela sobre ter o bebê ou não. Ela optou por interromper a gravidez. A mãe de Alicia conhecia uma médica de confiança que faria o procedimento. Ele não queria estar junto, mas se ofereceu para acompanhá-la mesmo assim. Tamara disse que não. Também disse não quando ele perguntou se ela gostaria de dividir os custos. Também disse não quando ele perguntou se ela tinha certeza sobre o aborto. Também disse não quando ele perguntou se havia sido ela a vazar *prints* das conversas dos dois.

Quando ela quis saber se ele acreditava nela ele disse não.

Tu enviou os *prints* pra quem?

Não vou dizer.

Não se falaram mais depois disso.

Ele se espantava em perceber que quanto mais queria falar menos era possível falar, e menos o que ele fosse falar adiantaria para remediar — remediar o quê, ele não sabia dizer exatamente.

Naquela manhã em que acordou chorando ele só sabia que tudo dera errado. Saiu da cama apenas para colocar música para tocar no notebook. Esperava que ajudasse a dissipar a impressão da noite, instalada nele como um pesadelo que avisa que é real, que não vai embora.

Antes, Tamara enviava religiosamente para ele um bom-dia quando ela estava a caminho do trabalho e ao qual ele só respondia perto do meio-dia, quando acordava. Ele estava mantendo o celular desligado, mas de repente teve esperança de encontrar esse bom-dia ali. A maçã apareceu na tela e ele a encarou como se estivesse esperando com expectativa o balão surpresa de sua festa de aniversário que um tio está a um passo de estourar. Ele não tinha tio.

E ele não podia acreditar quando abriu o aplicativo de mensagens e viu que, sim, havia uma, e era de Tamara.

Ela dizia que queria almoçar com ele no dia seguinte, pois tinham um assunto importante a conversar.

Passou a noite em claro. Conseguiu dormir duas horas quando o dia já havia amanhecido, e quando acordou assustado temeu que estivesse atrasado, mas não. Tomou banho, fumou um cigarro pelado no quarto, vestiu-se e decidiu dar uma caminhada até o restaurante da João Telles onde tinham combinado de se encontrar às onze e quarenta e cinco.

Não te atrasa porque eu tenho horário de almoço, não posso passar de uma hora e meia, Tamara avisara.

Ele se atrasou dois minutos por puro descaso, uma vez que estava adiantado, mas atrasou para não se mostrar ansioso.

Como o tempo é curto, vou ser direta, ela disse. A Alicia me ligou ontem pedindo pra almoçar comigo. Eu disse que sim, claro, e pegamos uma mesinha na rua ali no Baden. Ela perguntou se eu sabia. Como já saquei que essa perguntinha cretina era um recurso pré-veneno, fiquei quieta. Achei que ela viria com algum papinho sobre o que andaram falando sobre ti porque, bah, vou te falar a real e azar, eu acho que ela nunca foi com a tua cara. Mas não. Ela perguntou se eu conhecia o trabalho da minha ex-sogra, e eu disse que sim, que tava sabendo que ela tinha feito uns filmes e coisa e tal e que depois tinha parado, depois voltado, e agora tinha rolado esse convite e tudo o mais, o que reacendeu o interesse por ela. E aí ela quis saber se eu tinha assistido aos filmes. Confessei que não, só tinha lido sobre. Então ela comentou que numa disciplina lá um professor passou o filme pra turma dela e que ela tinha ficado horrorizada, porque na história uma mina mais velha pega uma mina mais nova, *menor de idade*, e elas transam. A Alicia disse que fechou o notebook para interromper a aula e disse Que palhaçada.

Ele assentiu. Sua cabeça era um torvelinho de imagens sobrepostas. Todas de filmes de Fanta. Ele viu e reviu e reviu, reviu, reviu. Conhecia de cor, dava para dizer.

Enfim. Antes de tudo: por que tu nunca me contou?

Porque tu nunca te interessou?

Porra, como não? Eu vivo dizendo que tu é igualzinho a tua mãe. Podia ter aproveitado o gancho pra me contar que ela fez essa papagaiada pedófila.

Presta atenção no que tu tá dizendo.

Eu sei o que eu tô dizendo, e eu tô dizendo que tu tinha obrigação de me falar uma coisa dessas. Isso me envolve de alguma forma, eu sou da tua família— eu era, caralho. Eu era. Ou não?

Não te envolve. De forma nenhuma.

Tu nunca julga que qualquer coisa é importante a ponto de me contar. Impressionante.

Não é isso. Só não sei como isso te diz algum respeito. E não vem com isso de pedofilia. Eu não gosto da minha mãe. Tu sabe. Mas é um filme de ficção. Vou ter que defender ela.

Preferiu não contar que não sabia do que ela estava falando, não conhecia nenhum filme da mãe com esse enredo, mas de alguma forma montou a imagem na cabeça, acreditou no que viu, e aquilo era o suficiente.

PRINT 1

Vcs transaram onde?

Não interessa. Pra que isso

Onde tu deu pra ele?

Para

Não vou parar

Tu gosta de sofrer né,
me deixa em paz

PRINT 2

Tu gozou?

Paraaa

Obrigado por confirmar

Tu é doente

Mas não sou puta

Eu dei pra ele no estacionamento do Mc da Silva Só
e eu gozei pra caralho quando vi que
o segurança tava assistindo

Que novidade, um machinho surtando, Alicia disse.

Escroto, ela também disse. Sempre achei ele meio escroto, amiga.

Ele só ficou sabendo dessa conversa anos depois, quando foi arrastado por um amigo até a Cidade Baixa para acompanhar a apuração dos votos em uma concentração de militantes e simpatizantes do partido de esquerda que tentava derrotar o chefe de Fanta nas novas eleições. Encontrou lá uma ex-colega da faculdade, onde ele não pisara desde o término e do seu *exposed*, e ela, meio bêbada, disse que ele até que era gatinho e tinha essa *vibe* quietinha e bem estranha, para falar a verdade, mas era justamente o que despertava nela uma vontade — não disse qual —, e era uma pena que tivessem avisado ela e as outras minas para manter distância dele.

Foi só depois disso que ele decidiu procurar um médico. Fez todos os exames que precisava fazer e os repetiu mais duas vezes, para não restar dúvidas.

Ele não podia gerar filhos, não como as outras pessoas. Era diferente também nisso, embora essa condição nova não tivesse absolutamente nenhuma relação com a antiga. Era mais uma.

Tem jeito, o médico disse.

Fanta estava certa. Mais uma vez a mãe estava certa.

PRINT 3

É ele né??? Só me diz sim ou não

Olha só eu te desbloqueei pra pedir pra
tu parar de ficar perguntando pras pessoas
que me conhecem esse tipo de coisa,
chega disso, cresce

Tu não vai me dizer quem é Tamara?

Não e vou te bloquear de novo
se tu ficar insistindo nisso

ME FALAAA PORRAAAAA

IMAGINA

Q???

Imagina quem é ☺

Pois minha mãe é minha voz.

O sábado era o seu dia favorito da semana. Acordava cedo, muito cedo, e ia para o sofá. Seis e pouquinho. Às vezes antes. Arrastava a cortina, abria a porta de correr da sala e ficava olhando. A noite já não era mais noite e o dia ainda não era dia. Durava tão pouco. Enchia os pulmões de um ar especialmente dele, a certeza de que o momento era um casulo em que mais ninguém podia penetrar, e sentava na cadeira de praia da varanda.

Depois que acordava a mãe, pedia para ela colocar o CD de sábado. Chamava assim. Fazia parte da sua rotina ouvi-lo, e a mãe caninamente obedecia, querendo evitar qualquer ruptura na ordem da cabeça dele. Fanta, paciente, mas sem dizer palavra porque não queria espantar o sono, ligava os alto-falantes portáteis presos na parede e depois colocava Caetano Veloso tocando baixinho.

Tem que ser assim porque tá todo mundo dormindo ainda, explicou da primeira vez e ele entendeu.

Me deixa sozinho, ele pedia.

Ela voltava para o quarto para dormir mais uns minutinhos, mais ou menos a duração de metade do disco — às vezes tinha mais sorte e dormia quase o disco inteiro. Quando tocava "Genipapo absoluto" ele sentia saudade da mãe e percebia que estava de bom tamanho o tempo que passara sozinho. O dia era dia.

Depois de fumar o primeiro cigarro com Tamara, aprendeu

a fumar com lentidão o cigarro que parecia durar o suficiente. Não era um fumante regular, fumava apenas esse cigarro ao acordar. Fumar acabou se tornando o tempo que ele se permitia se lembrar de quando o que sentia pela mãe era ternura, e não a rede intrincada de sentimentos que fazia dele um peixe enredado pelas próprias mãos de pescador. Como podemos amar e repelir em medidas tão perigosamente próximas.

Quando terminava o cigarro, tratava de se ater ao dia que começava, distanciando-se da mãe, da imagem da mãe e da imagem que tinha de si mesmo ao pensar que todas as famílias até podiam mesmo ser infelizes à sua maneira, mas a infelicidade era certa e, portanto, dela nem ele nem ninguém poderia escapar.

A mãe dele gostava de tomar banho de lua — era assim que ela chamava, como se fosse banho de sol. Dizia que a lua oferecia uma luz de espécie diferente, uma luz misteriosa, era como falava, luz de que todos nós necessitamos, ainda que sem saber. Abria uma cadeira de praia na varanda, apagava todas as luzes, botava para tocar uma música instrumental da qual ele não esqueceu, e se entregava a uma introspecção que, quando ele não tinha muita clareza sobre a vida, o assustava. Depois passou a se reconhecer nela.

Uma coisinha retangular e esburacada feito pele oleosa de pré-adolescente, um tanque daqueles de pedra, do tempo das nossas bisavós, só que para pessoas. Musgo, limo, toda a sorte de organismos, vivos e mortos. Uma Piscina Lunar. A mãe dera a ideia e ele gostou tanto, da ideia e da mãe. Dizia sim antes mesmo de a amiga completar a pergunta-convite pelo telefone. Ficava empolgado não só porque gostava de flutuar naquela água meio viscosa, com cara de suco de cimento, mas também porque 1) alimentava, em segredo, a ilusão de que a cada mergulho de corpo inteiro na Piscina Lunar o tempo lá fora se arrastava um pouquinho, o que significava que assim teria mais condições de deixar de ser o retardatário da turma, recompensando os atrasos cognitivos que vinha tentando colocar em dia — tinha esperança de um dia conseguir, precisava apenas de tempo e dos estímulos certos, a Piscina Lunar lhe oferecia os dois; e 2) a Giulia era a única amiga que tinha, alguém que gostava de estar com ele de fato, diferente dos que se assustavam com seu jeito peculiar e dos que viam no seu jeito peculiar irresistíveis convites para exercitar a crueldade infantil, coisa que ele não demorou em conhecer, mesmo quando ainda era inocente para percebê-la como tal — foi só prestar atenção nos adultos, eles é que deixam escapar a crueldade infantil quando tentam nos defender dela.

Então ele precisaria trocar de escola. Não queria nem ouvir o assunto, mas Fanta lhe repetia a cada instante, como um mágico de rua que obriga as pessoas que passam a ouvir o mecanismo dos seus truques, dizendo que na nova escola ele se sentiria mais tranquilo e faria novos amigos. *Amigos* — como se ele pudesse pensar nisso no plural.

Para acalmar a mãe, prometera que pensaria um pouquinho, se ela deixasse ele pensar, sem ficar o lembrando de que tinham que encaminhar os papéis a tempo de a escola nova o admitir para o ano seguinte.

Naquela tarde saiu da Piscina Lunar quando o sol já tinha ido embora. Ele era tão apegado a cheiros. Uma das formas mais confortáveis que conhecia para gostar de estar no mundo, bem aqui, nesse corpo e nessa mente meio atrapalhados. Em dissonância com as outras pessoas que conhecia. Talvez aceitasse a ideia da mãe e trocasse de escola. Podia ser bom. O cheiro de noite quente e de início de final de semana. Algo familiar. Não queria crescer a ponto de esquecer esse cheiro. Novos amigos, diferentes desta que boia de costas, de olhos fechados, e que ele amava como a uma irmã impossível de imitar. Amigos mais parecidos com ele. Não sabia se sentiria qualquer vontade de ter amigos assim. Ele prometera pensar um pouquinho, no entanto, e era isso que estava fazendo.

De volta em casa, pediu para ficar sozinho. A mãe perguntou se ele já havia comido. A voz dela o irritava. Ele disse que não comeu e que não queria comer e que era pra ela parar de incomodar. Não tinha permissão para trancar a porta do quarto, mas foi o que fez. Sorrateiro, virou a chave, pensou em arrancá-la da fechadura e engoli-la. Mas não fez nada disso, não porque não podia, e sim porque não queria, porque se quisesse ele teria feito. Ninguém podia impedir.

O barulho de estática e o chiado pontuado por vozes espectrais parecem ter se agarrado às paredes da sala do apartamento em que moravam na noite em que Fanta reproduziu no computador uma reportagem que mostrava Hilda Hilst tentando se comunicar com os mortos.

Ele perguntou quem era, e ela primeiro fez um gesto com a palma da mão mandando ele calar a boca e depois aumentou o volume da TV. Ainda tinha a imagem dela de perfil, se afundando na poltrona da sala, com um pano de prato no ombro direito, intacta na memória. Os olhos da mãe pareciam mirar um caminhão qualquer da estrada, pesado, lento, tremeluzindo no vapor de um planeta que queima.

Demoraria alguns anos para uma professora da escola especial falar em Hilda Hilst e pedir para os alunos um poema, levando-o a evocar o modo como pensou nos cabelos da mãe como uma coisa eletrificada que recebia seus próprios sinais enquanto ela olhava quase sem piscar para a tela.

Foi o último a deixar a sala de aula naquele dia, atrasando-se de propósito. Queria dizer, quando estivessem a sós:

Sôra, essa é aquela que fala com os mortos, né?

Mas não disse.

Era ridícula a imagem de uma pessoa chorando sem que se pudesse ouvir o seu choro, mas àquela distância era tudo o que ele tinha, o que emprestou ao instante, que ele esperava ser de algum constrangimento, certa graça. Pensou que o rosto da mãe, tomado por caretas numa mímica absurda do luto ainda recente, traía a seriedade da cerimônia. O tio dela, ele não tinha dúvidas de que ela não tinha dúvidas, estaria satisfeito com aquele espírito zombeteiro. Então ele deixou para lá o que estivesse o impedindo de se aproximar de Fanta e oferecer um abraço no enterro de Eski.

Depois do almoço e das suas evasivas para não tocar no nome de Tamara, muito menos no episódio que levou o seu nome a ficar bem conhecidinho na internet como mais um namorado abusivo que fazia terrorismo psicológico com a namorada e não aceitava o fato de que ela tenha ficado com outros caras depois que ambos acordaram em ter um relacionamento aberto, abandonando a companheira quando ela mais precisava do apoio emocional que era o pressuposto da relação que *eles* tinham, e não das fodas casuais que ela tinha, Fanta e ele permaneceram em silêncio durante toda a viagem até o apartamento dele, onde ela foi deixá-lo.

Ela desligou o carro, indicando para ele ainda não abrir a porta, indicando uma conversa que ela parecia querer ter mas até agora não sabia como. Finalmente, Fanta disse que antes de se mudar ela tinha que confessar para ele um pecado, e riu. O vocabulário dela fez ele gelar no banco do carona. Mas ela estava rindo, e sorrir não costumava ser um gesto que acompanhava esse vocabulário que ele detestava.

Do que tu tá falando, ele perguntou. Não vou ter esse tipo de conversa, deixei bem claro que não gosto de falar sobre—

Eu tô pouco me fodendo pra religião, ela cortou. Pra essa em que tu tá pensando e pra qualquer outra. Não é tu que vivia dizendo que todo mundo é preconceituoso em algum grau? Tem que ser honesto pra admitir, né, era assim que tu falava. Então eu não fui honesta mas agora quero ser: não suporto religião, meu preconceito é esse, em todos os graus que tu pode imaginar. Que tal?

Ele engasgou e não conseguiu dizer nada até que a mãe destravou a porta e disse que a conversa tinha acabado. Pelo menos por enquanto. Se eles quisessem conversar mais sobre o que ela acabara de dizer, tinha certeza que saberiam encontrar um ao outro.

Fazia algum tempo que só saía de casa para correr. No dia seguinte à conversa com Fanta, concluiu que o momento exigia medidas extremas e saiu para correr ao meio-dia. Gostava de correr no calor extremo, às vezes. Alguma coisa que levava à impossibilidade de pensar qualquer pensamento pelo tempo necessário para deixar de ser pensamento e virar outra coisa, outra coisa ruim. Com aquela temperatura, o corpo esquentando e trabalhando para não esquentar além do que poderia tolerar, nenhum problema era grande demais. Ele correu o primeiro quilômetro com a imagem do enterro de Eski na cabeça, mas ela logo foi cedendo ao esforço físico. Não tinha mais notícias de Tamara, e a falta de notícias lhe dava uma paz difícil de explicar. Não dava para descrever como era.

Ele parou o relógio com GPS sentindo os pulmões queimando. Faltava pouco para provocar um desmaio ou coisa mais séria. Limpou a massa de suor e protetor solar que escorria pelas têmporas: trinta e cinco minutos, seis quilômetros. Levantou os olhos e bem na hora um movimento rastejante percorreu a textura acobreada do Guaíba. Não deu tempo para ver o que era, mas aquilo era uma cobra, tudo dava a entender. O movimento ondulante da água seguiu seu curso, e ele pensou que estava sonhando. E depois:

Estou morto, morrer é continuar projetando essa historinha na nossa cabeça a que chamam de experiência enquanto na realidade lá no mundo que acabamos de deixar as pessoas estão seguindo, algumas tristes pelas circunstâncias, outras só tediosamente conformadas, a maioria nem aí. Morrer é se convencer de que acabou. Deve acontecer alguma coisa quando a gente consegue. Era para ser agora, então, pensou. *Estou morto. Vamos lá, alguma coisa.*

Nenhuma novidade. Os seus sentidos captavam o usual, a respiração normalizava aos poucos, e ele sentia o coração cheio de tranquilidade, e era assim que ele gostava de se sentir depois de correr. Enquanto pensava nisso, a ideia de que esse início de tarde já acontecera antes passou veloz sobre o rio, espargindo em direções difusas até perder de vista. Durou menos de um segundo, ele estimou. O quê, exatamente? A corrida, a tarde, a vida. O pensamento. A ideia solipsista de que estava morto e preso no filminho da própria cabeça. A expectativa daquela coisa. O que acontecia entre existir e não existir. Dura menos de um segundo.

Não sabia explicar. Não via necessidade de explicar.

Foi um pensamento que acabou antes de virar outra coisa.

Os meses se sucederam, e ele mal notou. O frio parecia estacionado sobre Porto Alegre, como se o inverno se expandisse para se reencontrar consigo mesmo no próximo ano. Ele ficava dias sem ligar o celular. O dinheiro da sua pensão continuava entrando como sempre. Suas idas ao mercado eram um dos últimos vínculos que ele tinha com o mundo, ao ritmo de batimentos cardíacos comuns, diferente de quando saía para correr. Não tinha mais nenhuma conta em rede social.

Um dia abriu a janela para fumar seu cigarro diário e percebeu uma barraca instalada na praça em frente ao prediozinho em que morava na Santana. Desde então passou a fumar dois cigarros por dia, um pela manhã e outro no final da tarde, observando o carinha que morava na barraca. Havia algo na imagem que o atraía, quase provocando nele um sentimento de comunhão com ela.

Ao olhar para o morador de rua era como se descobrisse em si uma incompreensível inveja. *Quem gostaria de estar entre os esquecidos?*, pensava, para se dar conta de que era precisamente isso o que ele desejava, um anseio do inconsciente tornando-se consciente a partir da visão da barraca esfarrapada, de um azul desbotado pelo sol e pelo tempo que esquece a todos, largada debaixo da árvore, apoiada mais pela vontade improvável de viver da pessoa que a habitava do que pelo tronco rugoso e úmido da última noite de chuva.

O carinha ocupava aquele espaço com uma altivez que o impressionou, em meio ao mato que crescia a esmo, aparado aqui e ali pelos passos que o homem dava no pedaço de chão que parecia fazê-lo invisível. Ficava olhando para ele por um longo tempo, que não podia precisar, imaginando todas as vezes em que ele inevitavelmente se sentia sozinho. Será que se sentia sozinho mesmo? Será que agora o que sentia não era um entorpecimento confortável que o libertava de todas as perturbações que torturam aqueles que ainda viviam dentro do que chamam de sociedade? Tentava imaginá-lo sentindo fome e se lembrando de quando era uma criança que tinha as necessidades atendidas por um adulto protetor — ele conseguiria se lembrar disso? De como estar sozinho é sentir que ninguém nunca mais vai nos dar o que precisamos, de como esse pensamento borra a noção que intuímos ter do tempo?

Ele saía da barraca, o peito nu, abria as pernas e esticava os braços até tocar uma mão na outra, bem lá em cima, depois jogava um tronco para um lado, para o outro, sempre com lentidão, o que devia tê-lo feito pensar que era bom ter um corpo, um corpo que se bastava, um corpo que se alongava e não sabia mais o que era ter companhia. Um corpo que aprendeu a esquecer, apesar de tudo.

Fanta às vezes dizia, como se falasse para as paredes, que a vida era impossível para quem supunha como ela se desenrolaria. Que saber o que vem pela frente é viver o tempo todo com a sensação incapacitante de atribuir significado a nossas escolhas, porque no fundo não há escolhas, muito menos significados. É como estar num filme que, assim que acaba, volta a passar, de trás para a frente, depois na ordem normal, e isso nunca para; não é possível pausar o filme, desistir de vê-lo, guardá-lo de volta na caixinha para depois devolvê-lo à locadora.

Se ele não estava fazendo confusão, a mãe falava essas coisas quando mencionava o tio dela. Na conversa silenciosa que mantinha com o morador de rua, que às vezes suspendia a mão para lhe dar oi, ele foi pensando se Fanta não queria ficar tão sozinha quanto possível, como Eski.

Sem resistência, ela parecia dizer, o habitante da barraca parecia dizer, talvez fosse menos doloroso.

Certo dia ele se pegou lembrando daquela ideia de estar fora do tempo, que não pareceu mais tão absurda. O problema é que agora parecia também assustadora. Ficar tanto tempo sem notícias da mãe — por mais que fosse um desejo antigo dele, a última conversa que tiveram, dentro do carro após o enterro e o almoço — tinha um quê de cinematográfico, uma suspensão do clímax e uma subversão das expectativas, e essa conversa continuou esses meses todos dormindo e acordando com ele; talvez fosse o jeito de ela dizer que o filme dos dois ainda não acabara, e essa era a Fanta de que ele mais gostava, a que era impelida a se esgueirar pela intrincada complexidade das pessoas, a que fazia isso por meio do cinema.

Decidiu ligar o computador depois de meses e acessou o e-mail. Nenhuma mensagem dela. *Melhor assim*, ele pensou, para não estragar esse sentimento que o visitava como se recebesse a visita da própria mãe.

Mas havia um e-mail de Giulia, e ele o abriu.

Ela dizia quanto tempo. E dizia que ele errou, e ela o conhecia, e será que tu te conhece? Errar não faz de ninguém especial, é a coisa mais comum que tem, e errar com outra pessoa é uma merda, sim, mas, bah, ainda é a coisa mais comum que tem, ninguém pode dizer que espera o contrário. O lance é tentar ver o erro como uma forma de amar que saiu lá meio torta, ou como um medo de perder que a gente deixou crescer demais, ou como às vezes a gente é filho da puta e pronto, ou como depois de ser filho da puta a gente se dá conta de que ser filho da puta foi a forma que nos ensinaram a amar ou a forma com que outros nos amaram e a gente viu e achou que era assim que se fazia, e é uma merda, mas é assim, será que tu te conhece, tu não é especial. Então ela dizia que estava ajudando a organizar um evento na universidade. Era sobre o clima, ou sobre o desastre, ou sobre a incapacidade de se reconhecer o desastre, ou sobre impedir o desastre ou se resignar que não havia mais tempo para impedir o desastre, e não tinha necessidade de estar matriculado em nada para assistir, era aberto à comunidade, ao público, porque debater essas coisas sem dialogar com o trabalhador era pregar pra convertido, e ela gostaria muito que ele fosse, que ela pudesse vê-lo, conversar com ele.

O e-mail de Giulia tinha um tom de ligação. *Estranho alguém manter um discurso assim por escrito*, ele pensou, e pôde rever na cabeça as brincadeiras na Piscina Lunar com a amiga e como ela ficava empolgada em vê-lo. Ela falava como se tentasse acompanhar a velocidade dos pensamentos. Teve saudade de Giulia, da sua única amiga, da amiga que ele tentou levar com ele para a escola especial, a amiga que disse que queria ir com ele para a escola especial. Os pais dela não quiseram nem ouvir.

Tu não precisa, eles disseram. Teu amigo precisa, por isso ele está indo, mas tu não.

Tinha retomado o contato diário com ela na universidade, onde puderam ser vistos como duas pessoas que precisam das mesmas coisas de novo, mas nunca ficaram de fato distantes um do outro.

Giulia estudava biologia e estava se formando, sua orientadora inclusive recomendava que ela levasse sua pesquisa para o mestrado. Ela lhe contou essas coisas quando ele aceitou encontrá-la no campus, longe do prédio da Famecos. Foi bom olhar para o lado e saber que ela estava ali, se precisasse, a alguns prédios de distância, apesar de estar mais habituada à universidade e ter seu próprio grupo de amigos. Agora ele não era mais aluno, e grupo de amigos ele não tinha, não mesmo.

Ele andava pensando em voltar para a universidade. Ainda não sabia se para aquela, porque tinha pensado em sair da publicidade e ir para o cinema, e o curso de cinema ficava justamente no mesmo prédio da Comunicação, onde ele não queria ser visto, onde ele não queria ver ninguém, onde pessoas como ele não eram bem-vindas. Contou essas coisas para Giulia, e ela disse que ele tinha tudo a ver com cinema, e não mencionou a mãe dele, o que para ele foi uma gentileza tão boa de receber que aceitou quando Giulia propôs de eles se encontrarem de novo na próxima semana para tomar um café e conversar mais sobre essas coisas.

Voltou para casa, e antes de entrar no prédio buscou o maço de cigarros e o isqueiro da *ecobag* em que também levava um livro e decidiu fumar um ali na rua, olhando para a barraca do seu amigo na praça. Ela estava vazia e ele não viu sinal do seu habitante por lá. Prestou atenção na sua caixinha de correspondência e dali uma pontinha de envelope espiava o lado de fora, como se evitasse a escuridão por completo. Através da grade, pinçou o envelope. Não havia selo nem qualquer registro dos correios nele. Deduziu que havia sido largado ali por alguém. Percebeu seu coração inchar e abrir espaço dentro dele. Abriu.

Em uma folha pautada de caderno, ele não pôde deixar de sentir um arrepio ao reconhecer a letra da mãe, talvez o único atributo que ela conservava desde sempre:

Filho,

sei que estás aí, sei que é perda de tempo te pedir que entendas o que fiz e por que fiz, e sei de tantas coisas que na verdade preferia não saber, ainda que tenha procurado por elas a vida toda. Sei que sentes minha falta, sei do pânico que te engole quando tu imaginas que vai se repetir contigo. É uma palavrinha sobre isso que te convido a ter comigo. É uma palavrinha sobre a nossa última conversa no carro. Entendo agora que te devo toda a história, e não uma parte dela. Venha até a chácara e, de lá, siga as coordenadas que deixei anotadas numa folha sob o vaso grande da área da frente. Não me pergunte os motivos, até porque eu não responderia a tempo. Apenas tem de ser assim. Saia de Porto Alegre na quinta, no ônibus da uma da tarde, e vais chegar no horário em que te espero, se não fizer nenhuma parada besta.

Desta vez vou te adiantar que é melhor ter pressa e não ser besta.

Depois de ler o bilhete ele o amassou até cravar as unhas na palma da mão. Não chegou a sangrar. Foi o mais perto que já chegou de se machucar. Depois de ler o conteúdo do bilhete era impossível voltar no tempo. Ele tinha entrado na dela. Ou ele poderia ir embora. Assustou-se com todos os significados que esse *ir embora* aflorou em sua cabeça. Olhou para a palma da mão avermelhada pela pressão recente das unhas. O bilhete — uma pista que ela deixava. Uma armadilha em que ele ingenuamente tropeçou.

Superar era uma palavra que detestava e sabia bem que não precisava superar nada, mas de repente quis superar a si próprio, a si próprio recebendo esse tipo de contato da mãe e reagindo como alguém desesperado reagiria. Largou o grupo de corrida porque não suportou e não suporta esse discurso de ultrapassar seus limites, e agora essas coisas que não deviam estar ali povoavam sua cabeça enquanto ele respirava como se estivesse espremido em uma multidão, a concentração de pessoas que o levava a ter pânico. Superar e ultrapassar os limites que ele nem sabia quais eram quando quem escreve o bilhete é a mãe. Não conseguia. Diria isso a ela se estivesse na frente dele nesse momento. Diria isso ao tio dela se tivesse a chance de ter conhecido melhor esse bêbado que de alguma forma — ele sabia muito pouco — inflamou a sobrinha a desacreditar na realidade e a se doar a um modo de vida questionável, imaturo, demente. Se pudesse reescrever algum dos evangelhos, ele se colocaria em uma história de mais de dois mil anos para dizer isso a Jesus Cristo.

O mês de julho foi considerado o mais quente da história do planeta.

Voltou para o café com Giulia e ela logo lhe convidou para um debate sobre o tema em um evento chamado *Evitar o colapso do clima: Ainda há tempo*. Aceitou, entre uma reclamação e outra sobre o estado das coisas, e Giulia não pareceu entender de que coisas ele falava. Queria abandonar, e Giulia deu sinais de que não sabia o que ele queria abandonar.

Não vejo mais necessidade de uma formação tradicional, ele disse. Não vejo necessidade em quase nenhuma formação, na verdade. Vejo as pessoas lentamente desistindo de tudo, marchando para o fim da vida sem necessariamente entender todas as coisas que queriam para depois não quererem mais.

Ele sentia que era irmão de todas elas.

Não dá, tenho que viajar esse finde, acabei de lembrar, disse para a amiga.

Vai pra onde?

São Francisco de Paula.

Fazer o que lá?

Não disse nada.

Giulia insistiu:

Vai sozinho?

Era bom estar no sol. Não queria voltar para as aulas aqui. Não respondeu à pergunta. Disse que era para Giulia voltar para sua aula, ele ficaria mais um tempo por ali, não estava muito a fim de pensar em tudo que já vinha pensando, e pedia desculpas por isso, mas não estava muito a fim de conversar também; será que Giulia podia sair um pouco de cima dele?

Eu sou meio literal demais às vezes, tu sabe disso. Tenho uma condição aí. E tu também sabe disso. Vai lá.

A amiga foi — eles acabam indo, se você se esforçar. Ele encaixou os fones nas orelhas, escolheu uma música, deitou no banco. "Space Song."

Giulia, mestrado, ele, nada, coisa estranha.

Podia ouvir o burburinho da fila na frente do bar da escola em que estudou até a nona série. Se fechasse os olhos, como de fato os fechou, ele ouviria a coleguinha pedir, com a voz de que ele tanto gostava, para prensar o sanduíche na torradeira, por favor. As mãos dele suavam segurando as notas de dinheiro, as duas moedas grudando na palma, ele abria e fechava para aguentar até chegar sua vez de pedir, torcendo para que ninguém fosse falar com ele. Dava certo. Se alguém se aproximasse, ele também tinha um plano, que era o seguinte: sair correndo. Dava certo.

Impedir o futuro. Por que alguém se daria ao trabalho? Era um pensamento fácil e de um cinismo evidente e, pior, irônico, mas não via tantas opções assim. Engajar-se num coletivo, apenas não. Foi uma soma de decisões coletivas que havia nos trazido até aqui. Todas equivocadas. Não tinha nenhuma simpatia pelo anarquismo, no entanto. Não tinha simpatia por muita coisa, é verdade, e que o acusassem de cinismo, de derrotista, de contribuir para — para o quê? Como era ridícula essa suposição idealista de que se é especial a ponto de alterar o que ninguém pode alterar. Aquela era uma discussão política, claro, e a política trazia materialidade para a vida prática das pessoas, sim. Mas essa era uma batalha perdida havia tempos, um inimigo que nem devíamos enfrentar. A natureza dele é justamente prevalecer. Sobre tudo, sobre nós.

Ministério da Edificação da Vida. Essa coisa tinha sido referendada nas urnas. Era nesse país que ele vivia agora.

Fanta estaria sofrendo pelo *exposed* do qual *ela* foi vítima quando seu filme secreto foi vazado, e em uma proporção muito maior do que a dele, e ele nem se deu ao trabalho de considerar isso, de se compadecer da dor da mãe. Ela tinha escolhido desaparecer — ele conhecia tão bem essa escolha, ele tinha se decidido por ela também.

Arrumou uma mochila grande de viagem com algumas mudas de roupa, colocou dois livros ali dentro, o que estava lendo e o que pretendia começar a ler em seguida, e ficou pronto muito antes do horário do ônibus da uma da tarde. Saiu de casa mesmo assim, para não correr o risco de mudar de ideia, e começou a caminhar sem um destino específico na cabeça.

Então passou em frente a uma igreja. Parou e ficou olhando para a entrada. Fazia um bom tempo que ele não botava os pés em uma igreja. Fazia um bom tempo que pensava que tinha tanta má vontade com aquilo que mal conseguia reconhecer qualquer boa experiência que por acaso tenha experimentado dentro de uma. Ouviu uma buzina alta, que sobrepôs a música nos fones. Uma SUV estava bem atrás dele e ele entendeu que ali era o lugar onde o gurizão que dirigia pretendia estacionar. Fez um gesto de cabeça e se afastou.

Dois metros depois olhou para trás e viu sair do carro guris e gurias com cabelos esturricados pelo sol e com cara de quem discursa sobre empreendedorismo para quem passa fome. Voltou dois passos e leu o letreiro do prédio em que eles entraram: Brasa Church. Que nomezinho mais pedante. O uso do inglês para se afastar do Brasil — eles são diferentes.

Política.

O primeiro filme da mãe dele começa com a imagem sem som de um recém-nascido com a pele estriada de sangue. Dá para ver que ele berra, as mãozinhas ainda fechadas como se as mantivesse assim fazendo muita força. É um quadro filmado a uma boa distância. O bebê não está enrolado em nenhum tecido, apenas acomodado entre as pernas da mãe. As canelas nuas aparecem, os joelhos flexionados. A imagem permanece fixa no mesmo enquadramento por mais de dois minutos; depois dos quais o bebê para de chorar, os olhinhos piscando como se só agora entendessem que não estavam mais onde estavam minutos atrás e se resignassem à luz branca. Começa assim.

Você começa a construir uma cabana pelo telhado, Fanta diz. Não se sabe se diz para ela mesma ou para alguém.

Ela estava no último degrau de uma escada, tinha um capacete vermelho na cabeça, onde levava acoplada uma câmera que usaria para registrar todo o processo de construção da cabana.

Ele para o vídeo antes de ela levantar o martelo. Decorou a sequência seguinte. Reviu essa cena tantas vezes.

A cabana em que a mãe estava morando despontou no final da estrada esburacada e margeada por bosques de pinheiros. Uma paisagem que o lembrou das tardes da infância na zona rural de Porto Alegre, tardes em que pegava a bicicleta e saía de sua rua pedalando forte e de cabeça baixa, evitando fazer contato visual com quem quer que fosse. Não era incomum passar por um amigo ou conhecido, antevisto pela apurada visão periférica, mas era comum que ele não tivesse disposição para falar com ninguém, e nem sabia direito como fazer isso naquela época, ter essas conversas em que não se fala nada, só se espera o tempo passar até o constrangimento dizer chega e encerrar a interação. Concentrava a única energia que nesses momentos parecia habitar seu corpo para girar os pedais e mover o guidão até a rua do Morro. Chegando lá, logo escondia a bicicleta em uma das trilhas falsas que supostamente levavam até o topo, acomodada num buraco não muito fundo, mas coberto por galhos finos e abundantes de duas árvores que o cercavam. Depois, caminhava o quilômetro que o separava da Choupana do Seu Mau. Tinha o hábito de chamar o velho com dois assobios, o primeiro curto e o segundo com o dobro do tempo, mas agora estava se lembrando da vez em que o Mau não abriu a porta para recebê-lo como sempre fazia, e então ele pesou na mão uma bolita de aparência leitosa que trazia no bolso e que julgou ser a mais adequada para lançar na única janela do casebre.

Tinha sido um dia difícil aquele, e agora ele conseguia captar no ar os sinais daquela atmosfera a que ele se referia como difícil, como foi aprendendo ao longo da vida a chamar esses dias em que a gente é vencido por todas as mais ridículas sensações de pavor que vivem em nós todo o tempo, embora deem as caras somente às vezes.

Ele compreendeu que o embotamento de que era alvo fácil nesses dias talvez fosse apenas o vestígio de algum processo da evolução que nos avisava que amar é potencialmente perigoso, que para procriar e dar continuidade à espécie não era necessariamente do amor que o ser humano precisava, que desejar uma pessoa com aquela força não podia resultar em outra coisa senão em uma dominação que jamais, por nenhum ponto de vista, seria compreendida como benéfica a quem quer que fosse. Ele estava intuindo, passados todos esses anos, que a sua disposição ao isolamento era uma marca genética que ainda circulava por aí, inclusive pelo corpo da mãe, e que, era muito provável, poupava os corações de muita gente e ainda seguiria poupando. Quem sabe no futuro a espécie entenda que colocar outra pessoa dentro do próprio peito é nossa inclinação natural à tragédia, e não um comportamento adequado a quem quer passar pela vida da forma mais serena possível.

Aproximou-se da cabana, e as lembranças se sucediam como um moinho alimentado pelo próprio esforço e pela própria lógica da qual não há chance de escapar. O Seu Mau não apareceu pelo vão da porta como das outras vezes. A bolita bateu na janela de madeira inchada e corroída por intempéries e cupins, produzindo não um som, mas uma imagem que naquela época ele não sabia explicar com detalhes; era o estalo de algo que devia acontecer mas não acontece, e você fica alguns segundos esperando que ainda aconteça, mesmo que lá no íntimo saiba que, se não aconteceu, então não tem mais como acontecer. Durante a vida, se deparou com essa imagem incontáveis vezes. Em todas, conseguia ver como se ele é que estivesse abrindo lentamente a porta da choupana e observando sua versão mais nova, uma criança se afastando da infância, tomando impulso com o braço para atirar a bolita e chamar a atenção de alguém que devia estar ali mas não está.

Ele freou a bicicleta usando os dedos da mão direita quase até cortar a circulação, a roda travou de súbito e uma nuvem de poeira assomou atrás da sua sombra. Tantas vezes idealizou o momento em que se libertaria dessa ânsia por se sentir amado de volta. Tantas vezes concluiu que só a morte poderia libertá-lo disso. Tantas vezes pensou que não queria morrer. Agora, no entanto, antes de chegar à casa e antes de ver a mãe depois de todos esses anos, ele percebeu passar pela sua cabeça a noção um pouco vaga de que fosse assim, se importar tanto até não conseguir mais discernir se ainda aguenta mais ou não e, como um relâmpago que é um clarão no horizonte mas não faz estrondo, de repente não se importar mais. Seria possível que estivesse livre.

Vou descobrir, pensou. *A vida é só uma lembrança, não preciso me preocupar, o que quer que aconteça já aconteceu.*

A solidão era mesmo uma angústia terrível? Ou a solidão, na verdade, era um apaziguamento de todas as angústias? Sim, aquilo que você perde está perdido para sempre, e não há consolo, recompensa ou substituto possível para o que foi perdido, não há como ser bom. Simplesmente é assim, a vida opera te tirando coisas, à revelia do que você sente, à revelia do que o discurso vigente dirá sobre isso, à revelia de um eventual arco na história que te faça olhar para trás e pensar que valeu a pena.

Nunca vale.

* * *

Ele reparou na sujeira sob as unhas da mãe. Nunca a vira de unhas compridas. Era a primeira vez, e aquela sujeira ali ressaltava o comprimento. Olhou a mãe nos olhos. Havia quanto tempo não olhava alguém nos olhos? Nunca gostou de fazer isso, quando seus olhos encontravam os de outra pessoa seu instinto natural era desviar para um ponto nulo, um aceno de indiferença arrogante que ele não sabia, nem queria, evitar, ou pelo menos disfarçar. Tamara às vezes reclamava da dificuldade de se ter uma conversa séria e madura com ele.

Olhar por tanto tempo, o tempo que for preciso. Aguentar. Quis perguntar como ela estava mas a bola de ar que obstruía sua garganta o impediu. Quis abraçá-la. Talvez fosse essa a sensação que a mãe dizia ter sobre o tempo: estar como flutuando e ser impelido para a frente e logo depois sugado para trás. A diferença é sutil, quem sabe indistinguível para todo mundo. Menos para ela. E agora ele também sabia como era.

Quando a mãe decidiu que era uma boa ideia alertá-lo, e depois alertar a Tamara, de que ele era estéril, a resposta que lhe ocorreu foi sugerir, de forma ríspida, que Fanta precisava de internação. Como o tio, ele havia dito. Sabia que a menção ao tio, e sobretudo a menção à internação do tio, tocariam no ponto mais sensível da mãe. Fez o que fez porque estava machucado e quis machucar de volta. Achava que machucar de volta era o mais honesto a se fazer, e para esse tipo específico de filha da putice sempre haveria de existir perdão.

Quis pedir para a mãe não tocá-lo, embora também quisesse levar os dedos aos olhos dela e fechá-los, o que fazia quando ela ia acordá-lo todos os dias para ir à escola. Fechava as pálpebras de Fanta, já totalmente desperta, como se pedisse para dormir mais. O corpo da mãe parecia de alguma forma uma extensão do dele, mas isso ele não sabia formular assim, apenas sentia que a sonolência de um era a sonolência do outro, que a risada de um disparava a risada do outro, que a vontade de gritar de um incendiava o grito do outro.

Tu tá exatamente igual ao que eu imaginava, ela disse. Eu te imagino, tu sabe que eu te imagino.

Não, mãe, tu me lembra, é diferente.

Dentro da casa, se espantou com a falta de móveis. Havia apenas uma cadeira de praia, vigiada por uma tábua grande esticada no chão, coberta por dois cadernos abertos e um livro fechado, mas que se podia entender que servia de mesa para a mãe, que a acomodava nos braços da cadeira, sobre as pernas; um abajur velho, posicionado num dos cantos da sala, jogava luz sobre uma mesa redonda, de madeira lascada, onde um vaso com galhos murchos de uma mesma espécie disputava espaço com mais livros; uma jarra de água em que boiavam alguns mosquitos; uma quantidade grande de canetas e lápis; um copo cheio de um café fraco, fraquíssimo, que podia facilmente ser confundido com chá se ele não se lembrasse de como a mãe só tomava café depois que ele mesmo passasse sua xícara, usando o mesmo pó, o mesmo filtro, sem se dar ao trabalho nem de aquecer um pouco mais a água.

Antes de dar qualquer sinal do assunto que pretendia conversar com ele, Fanta pediu que eles fossem dar uma voltinha de carro, pois ela queria que ele fizesse uma foto dela e a gravasse.

Um pouquinho só. Na ponte aqui perto, ela comentou.

Ele já estava ali e agora não tinha mais volta, aceitou e entraram no carro. A mãe dirigiu, e em menos de meia hora estavam lá. Ela o orientou: ficaria parada no meio da ponte, ele desceria até o ponto mais baixo que conseguisse e faria os registros.

Sozinha, ali na ponte. Olhava para baixo e, recortada contra o céu, fazia com que a ponte parecesse enorme, ligando dois continentes, mas ela tinha pouco mais de quatrocentos metros, se muito, e só cobria um córrego, que talvez em outro ponto se tornasse uma coisa maior. Lá embaixo, ele sentia a mãe estranhamente perto. Perto de alguma coisa, alguma coisa importante mas fugidia. Perto como nunca antes. Isso podia deixá-lo feliz, sim, ele agora estava mesmo feliz ao pensar na mãe perto daquilo. Não perto dele, porque isso não poderia deixá-lo feliz, não mais, não depois de tudo e antes dessa ponte grande demais para sua mãe, agora pequena, contra o céu. Mas perto do que ela procurava, e o que ela procurava ele sabia e não sabia. As duas coisas. Sabia de um jeito que só se pode saber porque não se sabe.

De volta à cabana, ela transferiu as imagens para o computador e disse:

Agora a gente tem todo o tempo do mundo para conversar, meu Filho.

Ele estranhou que ela tenha usado esse *meu* antes de *Filho* e isso se somou à sensação de ter visto a mãe recortada contra o céu uma hora antes.

Depois que Eski tomou o tiro, quando foram dar o recado que se dá aos viciadinhos, Fanta ficou em pânico. Com a voz vacilante, a voz que as cordas vocais arranhadas pelo tiro puderam produzir, o tio lhe implorou que não o pusessem em nada que fosse metido com igreja.

Fanta era a única a visitar Eski no hospital. A mãe dela pensava que o tio estava desesperado. Que fosse aceitar qualquer coisa que oferecessem. Que agarraria a mão do primeiro que lhe estendesse, se tivesse aprendido com o susto e quisesse escapar da morte, àquela altura tida como inevitável caso não sumisse do mapa. Mas Eski havia pedido:

Igreja não.

Ele não tem que querer nada, a mãe de Fanta disse. Ou a gente interna ou ele morre. Ele não vai parar. Ele não quer parar. O Pastor já acertou tudo com o Pastor que cuida do Reino, nós obrigamos o teu tio e ponto.

Eu levo ele até lá, Fanta disse. Até essa comunidade. Mas com uma condição.

Ué. Qual?, a mãe quis saber, incrédula com o inédito tom de desafio da filha.

Nunca mais diz isso. Nunca mais diz que ele não *quer*.

O problema é que Eski não entendia direito o que estava acontecendo, nem o que tinha acontecido. Estava sonolento, mas se sentia sobretudo deprimido. Uma pessoa normal. Fanta visitou o tio todos os dias em que ficou internado. Quando abriu os olhos pela primeira vez, lá estava ela, as bochechas como que cobertas pelo rastro de uma lesma. Fez *shhh*, ele não precisava dizer nada.

A sobrinha era sua única certeza de que nem tudo parecia em vão. Pelo menos ele podia olhar para ela, apenas olhar, se quisesse. Pensava que teria tempo — aqueles primeiros anos de vida — para decidir se faria parte da vida dela, considerando o que isso viria a se tornar para seu futuro, uma bênção ou uma maldição, ou se retiraria dessa pequena ilha familiar e se mudaria para uma ilha ainda menor, só para ele, considerando que isso poderia ser uma bênção, mas de todo modo seria também uma maldição.

Ainda assim, o tempo que julgava disponível não passou como ele gostaria que tivesse passado, lentamente, antes correu, seus dias parecendo apressados para acabar logo com isso. Ele *sabia* que se deixaria levar pelos sentimentos, de modo que sua decisão foi não apenas olhar a sobrinha, e sim tentar ser para ela o tio que estava a seu alcance ser. Para isso, teria que beber o suficiente para passar os dias com a cabeça enevoada, não disponível para captar a Voz.

Ocorreu a ele, nessa época, uma metáfora, se não boa, pelo menos suficiente, para explicar aquilo de que era vítima; era a seguinte:

Imagine uma porta fechada, e você está dentro desse quarto; de repente, alguém lá na sala abre a porta principal da casa. Esse movimento desloca o ar, e então alguma coisa invisível se move e faz a porta do seu quarto abrir, e você levanta a cabeça e olha; olha para a porta abrindo sozinha e olha para o que ela mostra, e olha para o que não está visível, mas que faz portas abrirem. Era mais ou menos isso, e que coisa não poder explicar de outra forma. O álcool, no entanto, mantinha a porta fechada ou, quando não conseguia, pelo menos não deixava ele olhar e prestar atenção no que via. Era bom o bastante.

O primeiro filme de Fanta, o primeiro filme *real*, que ela tomou o cuidado de fazer desaparecer da internet, estava armazenado no HD de uma ex-amiga.

Ele perguntou para a mãe se ela não havia considerado essa hipótese, de que o filme pudesse ter cópias nas mãos de admiradores do trabalho dela, e ela disse que claro, mas não esse. Quis saber por que não esse, e então se deu conta de que Fanta tinha não só um trabalho obscuro como também uma parte da vida obscura até para um Filho obcecado em imaginar uma intimidade com a mãe por meio do que ela criava. Fanta confirmou suas suspeitas com uma doçura que acabou desarmando a vontade dele de futricar o segredo. Preferiu não fazer mais perguntas, porque tantas perguntas intimidam, e ele é um Filho que foi intimidado demais. Estava aprendendo a ser o Filho de Fanta de novo, agora que a mãe emanava uma vulnerabilidade que ele, em segredo, desejava que ela experimentasse.

Me conta dessa amiga, quem é ela. Foi um pedido. Ela atendeu.

Ex-amiga, disse Fanta.

Pois bem.

Ela foi minha colega de escola dominical. Quando eu comecei a liderar algumas das reuniões. Na época, era uma preparação pra liderança do Grupo de Jovens. Essa menina tinha chegado de Capão. Da praia. Morou lá até a adolescência com a mãe, e aí cansou da vidinha sem graça e veio morar em Porto Alegre com o pai. Visitou nossa igreja a convite de uma tia. A tia morreu uns meses depois, vítima de um câncer agressivo. Foi só o tempo de descobrir e morrer. Parece que morreu porque descobriu.

Mãe.

Tá. A menina continuou frequentando; acho que, além de fragilizada, ela queria conhecer mais da vida da tia. Logo se juntou aos cultos dos jovens no sábado, e daí nós passamos a ser os amigos dela na capital, as pessoas com quem ela andava. Não tinha passado no vestibular ainda, então era o que ela tinha.

Sua voz estava embargando? Ele achou que sim e não disse nada. Desviou os olhos para a mata atrás do terreno. Reparou em uma árvore enorme, tão maior que todas as outras, a copa cheia guardando alguma coisa. Imaginou uma história sobre o que poderia ser.

Estavam sentados em cadeiras de praia, uma fogueirinha no meio dos dois. Fanta voltou a falar quando ele tinha parado de brincar com a história, como se ela soubesse disso. A cabana, com o telhado como a única parte claramente concluída, apareceria ao lado deles, caso alguém fizesse uma foto. Ele gostaria que alguém tivesse feito.

Fanta serviu a cuia de chimarrão e o ruído do esguicho de

água quente o fez pensar no quanto estavam, finalmente, os dois juntos, descobrindo a condição de quem consegue fugir e achar paz em um lugar como esse. Deu razão à mãe, o plano dela era mesmo bom, ele poderia imaginá-la feliz ali. Todavia, estava fora de cogitação externar esse sentimento, que obviamente seria interpretado como endosso.

Tu tava dizendo— ele a convidou a retomar o fio.

Ela se apegou ao grupo, mas especialmente a mim, e nunca entendi bem por quê, considerando que eu tratei ela muito mal no início. Eu era uma pirralha, e uma pirralha conhecendo o que é o poder, a admiração, tanto dos mais novos, que eu lideraria, quanto dos mais velhos, que me escolheram pra liderar. Naquela época, uma guria como líder de jovens, ou de qualquer coisa, era meio transgressor. Ainda mais no nosso meio, tu conhece bem.

Queria não ter conhecido.

Acredito.

Mas tu me apresentou, ele disse. Arrependeu-se do que disse, rápido demais até para ele; estava colocando tudo a perder. Não se tratava de uma novidade na dinâmica entre eles, claro, mas a fragilidade do momento exigia um pouco mais de autocontrole. Ele nem era louco de imaginar menos ressentimento, porque era apegado ao ressentimento, o ressentimento dele era intrínseco ao senso de justiça que gostaria de restabelecer, mas autocontrole estava a seu alcance. (Leva toda uma vida para aceitar que não há justiça, a palavra *justiça* em sua totalidade não poderia ser cumprida.)

Em segundos propôs um pacto a uma entidade criada no calor do momento e que habitava a árvore grande da mata: se comportaria daqui para a frente se Fanta relevasse a tentativa dele de magoá-la e seguisse o curso da rara afinidade que estavam compartilhando desde que ele chegara ali.

Nós fomos até lá em 2006 visitar ele, tu te lembra?

Ele lembrava.

O que provavelmente tu não vai lembrar é que eu evitei, durante a visita, as dependências da clínica. Ficamos quase o tempo inteiro ao ar livre, no pátio, enquanto esperávamos por ele e depois conversando com ele. Não quis correr o risco de dar de cara com ela, embora soubesse que isso poderia acontecer de qualquer maneira lá fora.

Ela tava lá? Como assim?

Depois que os pais dela contaram para o Pastor sobre o nosso final de semana na praia, sobre o beijo no Reino, sobre, enfim — eu saí da Igreja, por um tempo, isso tu já sabe. Enquanto eu me revoltei contra aquela palhaçada toda e quis sair, ela quis ficar. Nunca fiquei sabendo dos motivos dela. No começo, ficou na nossa congregação mesmo, mas em alguns meses passou a frequentar outra, e essa outra, pelo que sei, também tinha vínculos com o Reino. Era a maior mantenedora da clínica, na verdade, pelo que pude saber. Deve ter sido por isso. O caso é que ela fez um curso para trabalhar com missões, algo assim, e depois desse curso, que durou um semestre e permitiu que ela viajasse pelo país, com recursos dessa outra igreja, ela decidiu servir como Obreira no Reino. Quase como se tivesse que pagar pelo financiamento. Não me pergunte, porque não sei o que deu nela. Ficou lá todo esse tempo.

Caralho. Desculpa.

É.

Posso te perguntar uma coisa?, ele disse.

Pode.

Imaginou por um instante que ele e a mãe talvez pudessem estar ali, nesse mesmo canto frio do mundo, tomando um mate atrás do outro, e a pessoa que estava diante dele ainda poderia ser sua mãe, mas seria uma outra Fanta, uma Fanta que lá atrás, quando foi convocada a fazer uma de suas primeiras escolhas importantes, não teria aceitado o que o mundo parecia impeli-la a aceitar: abrir mão do que ela estava sentindo. Talvez essa outra vida pudesse existir, e ele e Fanta seriam um Filho e uma mãe tão diferentes. O coração dele estava convulsionando por tantas cuias de chimarrão.

Tu te apaixonou por ela, né? Ela foi o teu primeiro amor?

Foram duas perguntas.

Voltaram para dentro da cabana quando a noite já estava fria demais, vencendo a fogueira, ambos em silêncio, vendo a noite límpida e gelada como o tecido que protegia, e adornava, o momento que acabaram de passar juntos. Pela cabeça dele ia se movimentando a descoberta de que tiveram algo próximo a uma conversa, e isso era novo e incrível e bom. Escutaram um ao outro porque tinham vontade de escutar um ao outro, e isso era novo e incrível e bom. Era o suficiente para ele ir ficando, e naquela noite eles assistiram a um filme juntos.

Tu escolhe, Fanta disse.

Que eu saiba a cineasta aqui é tu, ele disse.

Por isso mesmo. Só que não tenho internet aqui. Nem pretendo ter. Então tu vai ter que escolher alguma coisa do que eu tenho no *drive*. Viu? Não deixa de ser uma escolha minha também. Vai ser nossa.

Nossa, ele murmurou. E deixou que ela lhe desse um sorriso, um sorriso acanhado, que logo a fez olhar como uma criança tímida para o chão.

É, nossa, ele repetiu.

No dia seguinte, ele acordou com o cheiro de café recém-passado. Não pegou o celular, como era seu costume fazer logo que abria os olhos, na esperança de ainda encontrar o bom-dia de Tamara ou, ultimamente, para bisbilhotar a vida dela pelo Instagram. Em vez disso, se sentou na cama e fechou os olhos. Ele estava tentando preencher sua cabeça, naquele instante, com uma prece. Ainda tinha dúvidas para quem dirigi-la. A mãe o havia ensinado a orar quando era pequeno, e mesmo que a palma de suas mãos transpirasse muito diante de qualquer palavra que ele dizia em público, chegou a orar em grupos na escola dominical. Mas sempre que chegava ao fim dessas orações, era tomado por um sentimento de que as palavras não saíam dele, mas de outro lugar, um lugar que era um reservatório de frases prontas, quase um banco de dados, que as pessoas acessavam para falar com Deus. Ele não gostava disso, e logo decidiu que dali em diante suas orações seriam feitas sem palavras, ou melhor, só com palavras pensadas, e quando ele estivesse sozinho.

Agora, estava de olhos fechados e não era para Deus que ele queria orar. Nem era oração o que estava prestes a fazer; apenas obedecendo a uma vontade que o impelia a ficar quieto e de olhos fechados. Ele precisava lembrar. Deixou que muitas lembranças passassem por ele, e foi assistindo a cada uma delas como se já estivesse morto, dando o último adeus a passagens significativas de sua vida. E então começou a chorar, ainda de olhos fechados, um choro contido no início mas que foi ganhando força à medida que se lembrava de cenas esquecidas havia muito tempo.

Estava em 2006. Ele, Eski, Fanta, um ao lado do outro, olhando constrangidos para a câmera. Soluçava, porque naquele dia ele e a mãe tiveram outra briga.

Tu é bem fresco, Fanta havia dito para ele.

De repente sentiu que uma mão tocava o seu ombro, e esse toque ele não quis repelir. Era como se tentassem fazer carinho em um cachorro maltratado, e ele pensou em abrir os olhos, mas não abriu, porque o toque foi o envolvendo e se transformou em um abraço, um abraço nas costas dele; as mãos de Fanta massageando o seu peito.

Pode chorar, ela disse.

Ela mesma não conseguia acreditar muito.

Minha fé era composta de dúvida na maior parte do tempo, disse.

Demorou anos, no entanto, para ela reconhecer que o código moral que obviamente vinha no pacote do cristianismo era um peso enorme em seus ombros, uma coisa da qual ela queria se livrar. Mas não conseguia se ver a sós com essa vontade: sentia-se incapaz de desvincular a vontade da culpa, culpa que — ela não era ingênua — entendia perfeitamente bem ser parte do próprio éthos cristão. Por entender isso, e conseguir pensar com clareza a respeito, não sabia por que então o sentimento não ia embora.

Não era simples, e ela deixava para lá. Tinha um Filho ainda criança para educar, um Filho ainda criança que a repelia e ela se cansava tanto de educar que até certa idade via a Igreja, o dogma, como um caminho seguro, do qual o mínimo escape, ela sabia, não resultaria em qualquer problema realmente grave. Bater punheta? Contou a ele que se divertia com a ideia do Filho lutando contra os hormônios, tentando deixar que os sonhos de polução noturna fizessem sua parte. Achava que valia a pena infligir esse tipo de sadismo ao Filho para fazê-lo andar sem maiores sustos pela estrada que levava à vida adulta. Depois, ele seria livre, ela pensava. E ela também, livre para largar a Igreja, largar a vida adulta, viver uma adolescência rebelde que lhe foi sonegada. Permitia-se essa falha. Conseguia olhar para a falha e pensar que logo mais estaria apaixonada por ela. Tudo isso ela lhe dizia, e ele recebia com espanto.

Às vezes a gente faz o mal de propósito, achando que do mal deliberado vai sair alguma coisa boa, ela disse. Eu só fiz o que fiz porque eu tinha medo de te perder, e eu tinha medo de te perder porque o meu tio me disse que eu não conseguiria ser mãe. A Voz. A Voz disse para ele. E ele disse para mim.

O fato de ele insistir tanto para que ela se afastasse dele é um motivo e tanto para que Fanta, incapaz de reconhecer que nenhum ser humano pertence a outro, fosse às raias da loucura para não vê-lo dar as costas a ela. Mas é um motivo que ele poderia entender, se fizesse um esforço, ele que tantos esforços precisou fazer. Poderia sim. E agora estava disposto.

Fanta o educou e o formou sob uma doutrina que ela própria desprezava e que não via sentido aplicar em sua própria vida, ainda que a aplicasse em uma atuação convincente, em uma atitude tacanha para evitar perdê-lo. Poderia entender isso também? Agora não, mas poderia tentar.

Mas não tinha o que pudesse fazer para entender que ela havia feito tudo isso porque ouvira as palavras do tio, do tio bêbado. Da Voz. E por isso ele estava indo embora, e ela que ficasse em paz com suas decisões, com sua cabana.

O.

Ela não mandava mais mensagens como antes, mensagens às quais ele não respondia, e os perfis nas redes sociais não existiam desde quando ela se mudou. Ele estava aliviado, não podia dizer que não — depois de Fanta admitir que o cristianismo era só sua varinha da educação, depois da indicação dela para o ministério, depois do vazamento do filme, depois das consequências para o seu relacionamento: ele precisava mesmo de descanso e de silêncio, que o deixassem em paz. Tocar o restante da sua vida afastado da sombra de uma relação que, como acontece com todo mundo, ele não escolheu ter. (Fanta também não o escolheu, e pensar nisso lhe dava uma tristeza que confirmava a disposição de todas as coisas do mundo, uma disposição sem critério, desinteressada dos desejos mais sofisticados ou complexos ou contraditórios ou infelizes que nos constituíam.) Afastado, sobretudo, de manuais, psiquiatras, psicoterapeutas, diagnósticos, testes, medicações, horas incessantes de conversas com toda sorte de pessoas que se diziam como ele, o que significava não aceitar mais que toda essa gente e seus métodos tivessem o direito de dizer quem ele era. O que ele achava que era tinha pouca ou nenhuma relevância, e disso ele também queria distância.

Sentia que os últimos acontecimentos trouxeram para sua vida um reencontro com o que havia de mais elementar nele: sua vontade de ficar sozinho. Foi ensinado, e até forçado, a vida inteira a negociar essa vontade, a abrir mão dela, a visitá-la só de vez em quando, em nome de uma convivência funcional com as pessoas que formavam suas relações e que significavam seus atalhos para o que era entendido como vida em sociedade. Agora, no entanto, a vida estava lhe devolvendo a vontade e a possibilidade de se entregar totalmente a ela outra vez — não precisava mais lutar contra. Era aceitável para o contexto, e mesmo que não fosse. A própria mãe estava dando o exemplo — como sempre, aliás. Só que dessa vez Fanta ensinava, e sem essa pretensão, exatamente o oposto do que havia lhe ensinado.

E o tempo passou. O que se faz quando o tempo passa? Só é possível impor algo ao tempo quando a inércia é superada, uma ação se converte em evento, as narrativas se somam em ondas, umas sobre as outras, quebrando na nossa praia final, no instante em que o que resta é a espuma que descansa por breve momento sobre a areia, sobre alguma pegada, sobre a festiva vida marinha, antes de ser levada outra vez para o mar, onde se condensa, se esvai, se perde, e termina.

Ele ficou quieto. Fanta se manteve à parte, e, ele suspeitava, não só dele, mas de todo o resto. Quieta também. Mas o jeito da mãe de estar quieta se convertia em uma espécie de ruído branco, como se ela estivesse e não estivesse por perto, uma presença espectral constante. Está aqui mas não ainda.

Quanto tempo passou é difícil dizer, e ele não pretendia mais medir com essa régua as coisas que aconteciam com ele. Ela se mostrava insuficiente. Porque ela fazia ele se sentir insuficiente. O tempo dele era sempre outro. Como se o seu relógio estivesse em descompasso com o relógio das outras pessoas. Por mais que tentasse mexer os ponteiros, havia um magnetismo nele que os fazia avançar mais devagar, e lá estava ele ficando para trás de novo.

Ele achou estranho, portanto, quando recebeu a ligação de um vizinho da mãe. Era evidente que não se tratava de uma má notícia, do tipo que essas ligações costumam dar, porque, bem, havia nele a crença de que, quando morresse, Fanta daria um jeito de avisar. Enquanto o vizinho se apresentava do outro lado da linha, percebeu o quanto esse seu pensamento era uma coisa pouquíssimo razoável, para dizer o mínimo, e quando ouviu o que o vizinho tinha para dizer, teve a certeza de que o pensamento antecipou a ligação. Era um anúncio misterioso que chegava até ele antes da mensagem propriamente dita.

Talvez sua mãe esteja perdendo o juízo, guri, disse a voz calma vinda lá daqueles lados em que Fanta se enfiara.

E por que o senhor acha isso?, ele disse.

Espero que tentar falar com os mortos seja um indício forte o bastante pra ti, o vizinho respondeu.

É, nesse caso é, mas não me espanta. Quer dizer, preciso entender melhor essa história. Faz tempo que não falo com ela.

E então o vizinho contou que, durante algumas visitas de cortesia, para levar uma torta assada naquela manhã, por exemplo, Fanta desfiara para ele histórias de suas tentativas de escutar o que uma tal poeta tinha a dizer. Ao ouvir a palavra *poeta*, ele logo se lembrou da mãe justificando seu desinteresse pelos livros quando ele era criança — por culpa dele, claro, que vivia matraqueando os seus — e sua intenção de fazer as pazes com eles. Sua memória parecia aguçada pela simples menção à palavra *poeta*, como se a palavra viajasse no tempo também, como em suas fantasias infantis, e ele soubesse que ela um dia viria — um dia voltaria, melhor dizendo — para dar notícias da mãe. E então se lembrou ainda da conversa que ele e Fanta tiveram quando ele tinha ido visitá-la assim que ela se mudou para o mato — a cabana começando a ser construída, o filme perdido e vazado.

Por acaso o senhor consegue lembrar, se é que ela comentou, se o nome da poeta é Hilda Hilst?, ele perguntou.

Hilda. Sim. É esse. Do sobrenome eu não lembro. Mas, sim, ela dizia Hilda, Hilda meio que sem se dar conta de que repetia o nome quase sem parar, como se estivesse conversando com a tal da Hilda, e não comigo.

Tenho dois mil e seis motivos para desistir do futuro.

Ele ouviu Fanta falar e por um minuto pareceu pensar que algo na cena lhe era familiar, mas então a gravidade do que estava sendo anunciado pela mãe se impôs, e ele abriu a porta da cabana e saiu para o alpendre, dando as costas para o que quer que ela pudesse estar dizendo agora. Olhou para a vegetação ao redor e escutou o som de mato estalando no calor.

Era normal que, décadas atrás, quando era a criança que se escondia sem motivo dos primos e da mãe para ficar sozinho e pensar, ele associasse as temperaturas elevadas e o cheiro de capim queimado com aqueles insetos estranhos que pareciam tão abundantes e que gostava de capturar pelas asas para depois amarrar em uma de suas perninhas uma linha e soltá-los no ar como se solta uma pipa. Agora esses bichinhos sumiram de vez. Não os via fazia anos, ainda que, ao botar o pé no alpendre e abrir o primeiro botão da camisa, pudesse jurar que ouvira o barulho estático que costumavam fazer. O nome estava na ponta da língua e ele queria interromper o que a mãe estava dizendo para perguntar se era esse mesmo quando ela também abriu a porta e disse que ainda existem cigarras por aqui.

Ele não tinha certeza se deveria convencer a mãe de que o futuro não era assim qualquer coisa que pudéssemos descartar como se não existíssemos um em relação aos outros, ou se admitia para Fanta que ela não tinha muito futuro pela frente, de qualquer modo, ou que ele também reconhecia em si próprio a coceirinha de interromper esse fluxo de solipsismo que às vezes a vida lhe parecia. Ele entendia, não entendia? Mas não podia colocar as coisas assim, não; não era justo que agora ele fosse para ela a pessoa que é compreensiva e aceita suas esquisitices.

Ele conhecia o hábito da mãe de escrever naqueles cadernos, coisa que ela o forçou a tentar também, como uma forma de expressar o que ele não conseguia expressar como as pessoas sem o relógio mais lento, ignorando o fato de que ele não queria expressar nada. Mas ele não poderia imaginar que encontraria tantos daqueles cadernos ainda aqui, ainda com ela. Ele passava os olhos pelas capas e, que coisa, lembrava algumas delas. Não sabia que tinha guardado a imagem dessas capas, mas olha elas ali, despertando depois de um coma profundo, do qual só acordaram, suspeitava, porque ele estava voltando a procurar por Fanta.

Ele procurava alguém.

Dava para dizer que essa não era uma constante em sua vida, muito menos em se tratando da mãe. Durante a infância dele, a mãe era o mundo todo, o único ponto do espaço em que ele se sentia ao mesmo tempo em casa e como uma pessoa que existia para outras, em relação às outras, ainda que constantemente incompreendida: Fanta precisava corrigi-la a todo instante. Antes de aprender por si só a ajustar os ponteiros do relógio, era ela quem o fazia para ele. Ele não achava muito adequado, aqui, o termo *ajuste*, porque Fanta não transmitia a delicadeza que o gesto de ajustar parece evocar; ela transmitia mais um puxão, que também não caía bem se posto ao lado de gesto, era mais um arroubo, um ímpeto selvagem que, ele não entendia, não tinha muito a ver com essa sensação de estar em casa que ele queria experimentar e experimentava, só que com os lembretes diários por parte de Fanta de que casa não era um conceito a ser aplicado a pessoas, que esse tipo de idealização romântica era uma estupidez sem tamanho.

De todo modo, ele cresceu muito consciente de que dependia de uma forma conscienciosa demais da mãe para estar vivo, vivo como os outros. E era isso que também o fazia querer se afastar dela, e ele então tinha que concordar: casa não era um conceito a ser aplicado a pessoas, que estupidez sem tamanho.

Então que ele estivesse procurando por ela, depois de todos esses anos, depois de educá-lo como essa aberração em forma de culpa cristã, sendo o que ele achava que ela era, abertamente uma pessoa desonesta com si mesma — ela não poderia dizer que estivesse esperando por ele. Mas ela estava, esse tempo todo, e foi o que ela disse, e sabia que ele voltaria. O estado dela agora era o suficiente para ele emudecer diante dos sentimentos que outrora sentira pela mãe. Fanta surgia e desaparecia atrás de uma névoa de confusão — a mesma névoa que ele por vezes assumia para ela, agora compreendia —, espantada e radiante, como se não pudesse mais esperar, mesmo, para que o tempo dela terminasse.

Que bom que ele voltou, que bom que ela esperou por ele. Agora que estava ali ele ia acalmá-la.

Ela disse que os cadernos estavam assim porque eles eram os amigos dela.

Fiquei sabendo que tu fez uma nova amiga, mãe, ele disse. Hilda? É isso?

Esse novo jeito de falar com a mãe estava dentro dele todo esse tempo. Por que não havia se manifestado antes? Por que ele não tentou acessá-lo, não tentou mais um pouquinho, como Tamara um dia tentou ela mesma acessá-lo? Ou será que havia desbloqueado esse novo jeito agora, depois de tudo, quando procurava pela mãe? Procurar pela mãe lhe permitia procurar outra forma de amá-la? Ele *queria* que esse novo jeito tivesse se manifestado, sendo portanto um velho jeito, pensando bem? Achava que não. É, não.

É, eu tenho tentado. Fiz algumas anotações sobre isso, estão por aí, ela disse.

Fez uma reverência com o braço, como se apresentasse alguém a ele, mas não disse o nome dele, nem o dela.

O nome dela é Hilda? É aquela Hilda que tu gostava de ler, que tu lia pra mim?, ele insistiu.

Ela. É mesmo, eu e ela éramos amigas já. Desde esse tempo. Desde outros tempos, pra falar a verdade.

Ele entendeu o que ela estava dizendo. A história de como conheceu os livros de Hilda. Essa ele ouvia desde criança. Só depois, quando Fanta se mudou para a cabana, depois que se demitiu do Ministério da Edificação da Vida, ela admitiu que a história tinha outra história que desembocava ainda em uma outra, um filme.

O filme secreto. O filme vazado. O primeiro filme dela.

Posso dar uma olhada nos cadernos, ele perguntou.

Pode. Aproveita para me dizer se eles são meus. Às vezes não reconheço o que escrevi neles. Não sei se tu pode entender. É que às vezes não sei dizer se o que tá ali foi algo que aconteceu comigo ou se era uma ideia para um filme ou, sei lá, só uma coisa que eu quis escrever e, pronto, escrevi. Ou vai ver são coisas que ainda vão acontecer. Poucas, mas vai saber.

Acho que posso te entender, sim.

Ele passeou entre o espaço da cabana, que agora era menor, desviando dos cadernos no chão como se evitasse pisar em minas terrestres, um dos últimos resquícios de uma guerra havia muito encerrada. E então reconheceu um desenho em uma das páginas abertas, e era um desenho familiar, familiar porque era dele, não dela. Ele o havia desenhado. Pegou o caderno e tentou identificar os traços infantis que pretendiam, concluiu, formar um ônibus espacial inclinado, indo embora.

Virou a página e encontrou ali um poema.

Um poema. Que pedido. Um dos infinitos profissionais de saúde mental pelos quais passou havia solicitado que ele pensasse em um poema e o escrevesse, e depois leriam juntos e falariam sobre o poema, sobre o tempo que ele levou para pensar nele, para escrevê-lo. Não lembrava bem essas circunstâncias agora, mas foi lembrando do poema à medida que o lia.

Para ele, a poesia era quase uma impossibilidade. Seu modo de ler era literal demais, e a poesia parecia impenetrável — um espaço singular que distorcia as palavras e o que elas diziam ou queriam dizer. Ao ler poesia, quando se dava ao trabalho de tentar, sentia a substância daquilo escapar, às vezes no momento decisivo, perto do final, o que o deixava quase feliz por ter tido sua compreensão do poema pelo menos até ali. O que seus olhos e cérebro registravam não era o que o poeta estava tentando dizer — era essa a ressaca definitiva da leitura. Dava para ficar frustrado com uma coisa dessas.

Escrever um poema, então, adicionava uma camada a mais de complexidade à coisa, porque ele teria que dar algum jeito para sua cabeça funcionar de uma forma totalmente desconfortável para ele. Antinatural, diria.

O poema que escreveu e escreveu e escreveu, até ficar mais ou menos com a sensação de que era algo próximo daquilo que ele queria comunicar, ficou assim:

Você acorda e é domingo, mas você não sabe
Ainda é manhã —
isso dá para saber pelo cheiro

Mas você desperta sem ter ideia de que dia é esse
em que está despertando
Você tomou seus comprimidos —
dois, redondos e rosados, com coca zero
antes de deitar
E eles têm dessas coisas
Ou é essa coisa
De não deixar você lembrar
o dia
ou mesmo o lugar
Demora ainda uns segundos —
quem sabe um minuto inteiro
para você lembrar de você
Então é domingo, é manhã, é você
Os comprimidos deixam um rastro
Que ninguém pode seguir —
um esquecimento
e agora você aprendeu
a gostar dele
E se pergunta se continua acordado ou
se toma mais dois ou quatro
comprimidos e
volta a dormir
Você pega o celular e não tem nada
ali para você
Ninguém o procurou
Vai ser domingo quando eu acordar de novo
você se pergunta
E não tem importância se for,
ou mesmo se não for
Nem importa se você vai lembrar de tudo
outra vez

Embora seria melhor esquecer de uma vez
por todas
Esquecer até o celular em que não tem
nada ou alguém
Que pode estar procurando por você

Terminou de ler e demorou alguns segundos para se dar conta de que Fanta olhava para ele como se ele fosse outra pessoa. Nunca havia reconhecido nela essa maneira de olhar, não só para ele, mas para qualquer pessoa, para qualquer *coisa*. Combinava com ela.

Como ela tá, ela perguntou.

Ela quem?

Ora, quem. A Tamara.

Vou ficar esse final de semana contigo, ele disse. Não evitou que o rosto da ex-namorada se formasse, uma máscara dos melhores dias do relacionamento, a imagem de Tamara expectante com o apartamento deles tomando forma, ela posando na varanda em que, sim, eles tomariam café da manhã olhando as árvores e ouvindo o amanhecer pelo piar dos passarinhos, a alguns metros de distância, despertando para a vida a dois que eles acalentaram até ela se apaixonar por outra pessoa e esperar ainda uma outra, e ele não saber como reagir a uma coisa dessas.

Ele e Fanta passaram a manhã de sábado tomando chimarrão à sombra das araucárias, o cheiro de pinha como parte da luz infinita que alcançava a borda das montanhas e dos cânions, e ele respirava o frio e tentava gelar os pensamentos que tinha, deixando-os mais lentos também. Não encontrava meios de falar deles — sobretudo com ela, com quem nunca encontrou meios de falar —, mas poderia pelo menos contemplá-los. Aproveitar que eles estavam ali. De alguma forma ele sentia que isso materializava para Fanta o que passava pela cabeça dele, como se agora ele fizesse o gesto de apresentá-la a alguém.

Olha, mãe, eu sou assim.

Ela dava sinais de compreensão, uma compreensão cúmplice dessa conversa silenciosa, mantida em voz tão baixa. Fanta era boa em prolongar os silêncios, e agora ele reconhecia nisso uma disposição para ouvi-lo, para deixá-lo em paz caso não quisesse falar, e não um castigo. Antes de passar a cuia para ele, ela sugava o mate uma última vez, o ruído de sucção como se fosse um comentário.

Eu sei, ela estava dizendo.

Durante o almoço, que Fanta insistiu em preparar, recusando o convite dele para comer em algum restaurantezinho do centro urbano, ela voltou a perguntar onde Tamara estava e por que ela não tinha vindo com ele.

Ela nunca gostou de mim, eu podia ver, Fanta disse. Retirava as sementes de uma abóbora tão grande quanto uma bola de basquete e depois a preencheria com camarões. Ele já era um homem adulto e ainda ficava aficionado em formas, que diabos. Por que as formas davam a ele a ideia de que não havia como escapar delas?

Esquece a Tamara, porque eu já esqueci, ele disse. E tu tem camarões frescos aqui?

Não, não tenho. Mas hoje é o dia da feira dos produtores locais, fica na praça, que fica de frente para a igreja. Pega o carro e vai lá comprar pra tua mãe?

Ele disse que claro e quis logo sair dali, não dando chance para aquela conversa prosseguir. Fanta havia esquecido o término, aparentemente, e a última coisa que ele queria era narrá-lo e revivê-lo outra vez, sobretudo diante da mãe.

Deixa eu só achar minha carteira, ele disse. Foi até a sala, onde lembrava de tê-la largado sobre a mesinha de centro, em meio aos cadernos. Não estava ali. Tu por acaso viu a minha carteira? Eu tinha deixado na mesinha, ele gritou.

Eu guardei. Tá na gaveta da mesa de cabeceira do meu quarto. Com tanta gente entrando nessa casa, nunca se sabe, Fanta disse.

Não havia sinal de que qualquer outra pessoa pisasse ali. O vizinho havia sido claro sobre como Fanta levava uma vida solitária, recebendo apenas eventuais visitas dele próprio e da esposa, que se preocupavam e iam até lá levar algum prato como justificativa para verificar se ela andava bem.

Caminhou até o quarto, fechado apenas com uma cortina de linho, esticada e relaxada como se desse a entender que nunca esteve de outra forma, presa ou recolhida. Afastou a cortina com a mão e logo sentiu seus músculos enregelados de frio, como se ali operasse um ar-condicionado incessante, em temperatura mínima. Um abajur próximo à poltrona de leitura estava aceso, e ele não teve dificuldade em localizar a mesa de cabeceira. Sobre ela, dois porta-retratos. Em um deles, reconheceu a mãe, ainda guria, os cabelos espetados pelo vento escondendo boa parte do rosto. Estava acompanhada por outra guria, que ele chamaria de guriazinha porque mais nova, a pele branca quase transfigurada numa figura feita da areia da praia. A outra foto era a de um homem barbudo, braços cruzados, sentado sozinho em uma fileira de bancos, que podiam ser de um hospital ou de uma repartição pública, com um boné azul enterrado na cabeça. Ele fazia menção de olhar para a lente, para quem estava fotografando, para quem estava agora olhando o registro de sua imagem. Ele fazia menção de… perguntar por que Fanta não mantinha uma foto do Filho ali? Era isso? Virou o porta-retratos para observar se havia alguma informação nas costas das fotos.

Em ambas, duas setinhas, uma apontando para trás, outra para a frente.

Ele encontrou a carteira e saiu do quarto sem ao menos tocar a cortina com os braços, meio que atravessando para uma outra dimensão, a própria.

À tarde seu discurso e seus gestos foram ficando confusos, e à noite, confusos e também tristes. Disse que foi se convencendo de que sua arte interferia na realidade ou, como deixou escapar, depois de beber duas garrafas de vinho, já na cama:

Os filmes me permitem derrotar a ilusão do tempo; ele se desfaz, como um sentimento.

Ela acreditava falar com os mortos. Seus amigos. Ela os encontrou, enfim. Agora podem conversar sem ruídos.

Todos nós os escutamos, tem que querer, ela dizia. Era como se ela soubesse de coisas que ninguém mais sabia mas que não demoraríamos a saber. Coisas que estavam por acontecer, coisas que ela farejava no ar. Foi encolhendo, mas manteve a pose altiva, a pose de quem conhece um segredo grandioso e só o revela a poucos escolhidos. Caminhava como um animal celestial, uma espécie que desconhecíamos então, um ser híbrido capaz de habitar outras vidas — passadas e, quem sabe, até mesmo futuras. Ela continha em seu jeito uma faísca que o fazia pensar que, se o mundo acabasse amanhã, Fanta estaria entre os que sobreviveriam sem esforço para começar tudo outra vez.

Se tu tá nesse mundo e não imagina sequer uma historinha diferente pra ele e pra ti mesmo, bem, tu viveu errado, ela disse, fechando os olhos.

Ele ficou observando Fanta espaçar a respiração aos poucos.

Quando por fim se levantou da pontinha da cama em que estava acomodado, vigiando o sono da mãe, ela balbuciou palavras que lhe soaram incompreensíveis. Aproximou o rosto, quase tocando a orelha nos lábios dela.

Tu não esqueceu, Fanta estava recitando, as pálpebras denunciando a atividade de outro mundo, um mundo do qual ele jamais fará parte, um mundo no qual a mãe se perdia, abandonando a si mesma, convicta, mais desperta do que nunca. Ela — tu não esqueceu, Fanta sussurrou.

No outro dia ele vai levar Fanta embora. Vai pedir que ela o acompanhe a alguns médicos. Vai prometer a ela que a levará de volta para a cabana. Que ele vai se mudar para morar lá com ela, se ela não se incomodar. Antes disso ele vai se deitar no sofá para dormir e pensar nessas coisas que vai precisar dizer a Fanta. Não sabe bem como vai fazer. Ele vai fechar os olhos de exaustão.

Tu não esqueceu.

Ele não havia esquecido. Com o tempo foi descobrindo que não esquecia. Algumas pessoas ele levaria para sempre dentro da cabeça. As pessoas e as coisas que elas diziam. Não esquecer era o seu modo de imaginar.

Era isso que Tamara havia lhe pedido: *imagina*. E era isso o que Fanta estava fazendo agora mesmo, ainda que aos poucos, ainda que desde o começo: deixando-o sozinho. Como seria? A vida sem Fanta? A vida dele sem a mãe?

Nenhum momento lhe pareceu mais apropriado do que este. Nenhuma outra vez sentiu que estava no lugar certo.

Portanto ele vai se levantar, colocar água numa chaleira, buscar as raízes que trouxe na mochila, esperar o tempo que precisar esperar, abrir a porta e ir lá para fora.

Depois que o vizinho da mãe contou que ela andava falando em Hilda, fez uma busca na internet e leu algumas entrevistas com a poeta-amiga de Fanta. Em uma delas, ela disse:

Não vou publicar mais nada, porque considerei um desaforo o silêncio.

O silêncio de Deus. Para ele era uma dádiva. Mas agora vai orar, não, vai imaginar, ou as duas coisas, porque não quer ou não precisa escutar a Voz de Deus: quer que esse matagal que ele vê o console e lhe diga que ainda é uma criança especial, como era chamado, esse matagal desconhecido e feito só para ele, como a mãe se esforçava para tornar todo e qualquer aspecto da vida uma coisa feita só para ele.

Então estar sozinho é assim.

6.

Como é impressionante. Ver assim. De uma só vez. Como se estivesse lá. De certo modo ele está lá. É essa a sensação. Ele agora é. Não foi nem será. É.

Ele vê Tamara. Está bonita e grávida. Ela fica linda assim. Um barrigão enorme, as pernas um pouco inchadas, mas meio que flutua. Tem certa luminosidade na postura dela. Ela não pode escutá-lo, claro, e ele entende que pode falar o que quiser que ela nem ninguém vai ouvir. Então ele diz:

Que bom te ver de novo. Parece que foi ontem mas parece que também é a primeira vez e a última. Eu sei como tudo vai terminar, Tamara, mas eu não vou contar. Só quero dizer que, poxa vida, precisou tudo isso, mas agora eu entendo. Eu adorei. Ser parte. Um trechinho. As coisas ruins — quer dizer, a gente ama elas também, não é? Eu acho que é.

Ele sente que ela sente uma tristeza grande demais; uma tristeza que parece ser do tamanho da filha de Tamara, que já é grandinha e não pode ser carregada no colo mas é empurrada numa cadeira de rodas. Ele diz:

Tamara. Uma ou duas frases sobre ter filhos. Ela sempre quis. Ele não sabe como é. Ela não ouve. Não pode, ele sabe. Mas ele diz mesmo assim.

Eu adorei, ele diz — de novo. E essa pequena frase é esgarçada, como se a repetisse uma vez e sempre.

Ela não diz, mas ele vê que ela pensa nele. Alguns dias. Não muitos. Tipo quando passa na frente de algum lugar. É, tem alguns lugares que fazem ela se lembrar dele. De um jeito bom. Não é saudade. É — Ela se pergunta como será que ele estaria.

Engraçado, agora ele não faz suposições. Nenhuminha. Ou, melhor: é como se ele perdoasse todas as suposições que já fez. Enquanto está acordado. Sobre os outros. Mas não é o conteúdo do que supunha que ele perdoa. É o fato de ter formulado. Quanto tempo se perde nisso. O que ele tem são impressões. Só que não são exatamente suas. É como se as imaginasse, e imaginasse uma historinha para cada uma delas, então ele as sente só um pouquinho. Elas apontam para algum lugar.

Como agora.

Ele pode falar e olhar para quem está falando e não esperar nada. Não precisa. É como se ninguém lhe devesse qualquer coisa. Então pensa nas conversas que tinha antes. Eram só tentativas. Mas agora, em vez de achar ridículas aquelas tentativas, ele sente por elas uma ternura, como se dissesse para as conversas: vocês fizeram tudo que podiam, e está ótimo assim. E diz para Tamara: foi bom. Não quer nenhuma palavra dela. Mesmo que ela pudesse dizer alguma. Ele não vê necessidade.

Aí ele vai embora e agora está diante de uma casa na árvore. Ele sobe nela. Essa árvore fica na mata perto da cabana da mãe. Como é que se conta uma história? Por qual parte começar? Por qual terminar? Como eleger os momentos mais importantes? E os que vão sobrar? É muita coisa. Uma montanha de coisas. Quietinha lá, ouvindo tudo. Fanta ainda mora naquela cabana. Não vai ser sempre assim mas isso não importa. Essa parte vai sobrar.

Está no alto do morro na ponta da enseada. Ele não espera resposta porque já conhece todas. Vê o tio de Fanta. Ele precisa beber um pouquinho só. Eski fica nervoso por ter a sobrinha ali. Como se comportar em uma história. Como ser para as pessoas que são importantes para a gente. Para as poucas que a gente pode dizer que ama. Talvez ele possa ir embora, dar uns golinhos, voltar no outro dia. Não sabe se na volta pede perdão porque não sabe se admite o pecado e sabe menos ainda se quer ser perdoado.

A mãe dele sente remorso. Será que é culpa de Fanta? Porque ele não parece bem. Eski é um fiapo pálido, quase translúcido. Não dá para dizer que é como uma teia de aranha porque elas são resistentes, e ele está a ponto de quebrar. A qualquer momento ele pode quebrar. Ela não quer estar ali. Quer ir para casa. Não quer liderar Grupo de Jovens nenhum, tem tanto medo. Como se é exemplo? Alguém para as outras pessoas olharem e verem lá algo de bom e admirável. Não quer carregar isso. Não quer. Então ela sabe. Por um momento que encapsula toda a sequência de momentos do porvir. Fanta está ali mas não ainda. Ela não sabe dizer quanto tempo passa mas chega a voz do tio que a chama de volta.

Fanta, tá aí?

Ela estava.

Fanta.

E não estava.

Mas quando consegue responder ela diz que não. Não quer ouvir.

Por favor não me diz.

E no entanto ele diz.

Eski está ouvindo a Voz. Ela é real. Ela está aqui e lá e em toda a parte. Mas por que só Eski consegue ouvir e por que ela fala diretamente com ele? É o que gostaria de saber. Queria tanto essa resposta. O Filho acha que talvez ele a tenha encontrado.

O estranho é que ele não se lembra dessa árvore. Não pode lembrar porque sua mãe não vivia aqui quando ele era criança, de modo que essa casa na árvore perto da cabana não foi sua. Claro que não. Mas tem uma escada apoiada no tronco, e ele sobe por ela e entra na casa da árvore. Ela é sua, e isso o deixa confuso pela primeira vez. *Era só um passeio, e agora está acabando*, ele pensa. Um passeio ao contrário pela sua vida e pela vida das pessoas que passaram por ela. E está acabando.

De repente ele vê a mãe e esquece tudo que por um momento soube enquanto esteve aqui. Fanta está envelhecida e tem os cabelos todinhos brancos, os fios e a extensão dos fios. Ela está falando com alguém. Com Hilda, quem sabe. Com o tio. Ele fica triste por isso. O que ela fala por enquanto é um mistério. Tem certeza de que seja lá o que Fanta estiver dizendo vai permanecer um mistério. Foi assim a maior parte do tempo mas agora ele quer dizer que aceita. Que ela não precisa explicar. Tem vontade de passar os dedos pelos cabelos dela, penteando-os. Quer fazer isso de novo, quer acalmá-la.

Ele está sozinho na casa da árvore. A casa começa a se desfazer. Primeiro, o chão some. Depois, as paredes, embora a sensação de ter uma janela que dê para a cabana da mãe permaneça de alguma forma no ar. Agora Fanta está em cima — lá no degrau mais alto — da mesma escada. Ele então lembra. Ela olha para ele e sorri.

Você começa a construir uma cabana pelo telhado, diz. É divertido, apesar de tudo.

A PARTE DE ADORA

Se eu quis revidar? Me desculpa dar risada da tua cara, assim, logo no início da nossa conversa. Depoimento, claro. Mas revidar o quê?

Se eu vou ter que me explicar — ninguém gosta de se explicar —, e explicar como acabei vazando o Filme Secreto, que era como a gente chamava, gostaria de dizer que não sou apaixonada por Fanta, como mais de uma matéria na imprensa afirmou ou deu a entender, nem que fiz isso movida por vingança. Estar apaixonada é um estado que depois de certa idade não experimentamos mais, e se quer minha opinião sobre esse fato é que ele é terrivelmente triste. Se há algum consolo nisso, é que se apaixonar passa a ser uma outra coisa, quase uma projeção, uma projeção para o passado, e então é possível se apaixonar por quem a outra pessoa foi para nós ou por quem nós fomos para essa pessoa.

O vazamento foi uma infelicidade e um gesto tardio de quem ama, que é sempre uma infelicidade, nada mais do que isso, assim como eu e Fanta fomos uma infelicidade uma para a outra, pelo menos na maior parte do tempo, e que ninguém pense que me arrependo das minhas infelicidades. Guardo elas comigo.

Como damos importância às histórias da adolescência, não? Elas parecem grandes demais, revestidas de uma aura— transcendental? É, acho que essa palavra é boa: se pudéssemos transcender seria na adolescência, ou é na adolescência que chegamos mais perto disso. Não existe isso que dizem que o que aconteceu ficou no passado. Que papinho. Nada fica no passado, porque o passado vai com a gente, viaja com a gente, a gente o carrega, e isso que é a vida, ninguém pode deixar nada para trás, nem para lá. Quanto antes aceitarmos isso, melhor. Mas as coisas se modificam, ou, melhor, nós as modificamos, como se trocássemos a mochila de ombro quando começa a nos incomodar. É assim, é assim.

Veja, se tenho mesmo que me explicar, saibam que não quero falar da minha fé. É o único assunto que não admito que se torne público. Peço o mínimo de respeito, e se assim for me disponho a dar a minha contribuição, a prosseguir com esse depoimento, com esse teu projeto. O mesmo vale para Fanta: nem uma palavra vou dizer sobre a fé dela. Se ficar bom assim, adiante, vamos adiante.

Fanta era uma artista, eu não. Ela era uma artista desde guria, quando nos conhecemos, tinha um jeito de ver as coisas que às vezes me dava medo. Talvez a arte tenha sido o foguete com que ela tentou transcender essa atmosfera que, dava para ver, a sufocava. Ela se fechava em momentos em que se esperava dela justamente uma abertura, como quando eu perguntava o que é que ela estava sentindo — essas perguntas bem diretas e que só exigem uma resposta direta também, ainda que não muito honesta, e ela se mostrava incapaz de dizer. Em resumo, se a gente tentasse tirar algo dela, o fracasso era certo e total. Mas era disso que eu gostava. Conheci Fanta pelas coisas que ela não dizia, e esses foram nossos momentos mais íntimos. Não me arrependo de nenhum deles, como disse, ainda que ela tenha ido embora.

Para mim, ela foi embora. Para ela, eu é que fui, ainda que eu tenha permanecido exatamente no mesmo lugar. No Reino. Cuidando o melhor que pude do tio dela. Até o momento em que ele ficou lá conosco, fomos amigos. Ele a amava, e eu tinha uma forte intuição de que nenhuma outra pessoa no mundo a conhecia tão bem quanto ele. Nunca quis lhe fazer esse tipo de pergunta, porque ele evitava falar nela, como se não quisesse que a gente pensasse besteiras a respeito da sobrinha.

Aqui acho que já posso ser honesta e dizer que fico entediada ao contar. Sublinho esse tédio, faço questão. Uma vez, uma amiga professora postou uma frase, eu vi, tirei *print* e tudo, porque a frase dizia o exato oposto do que penso. Era assim: *Se não escrevo o que vivo, não encontro os termos para as coisas que vivi.* Faça-me o favor. Não encontro os termos para o que vivi escrevendo, ou contando; encontro os termos, se é que se pode dizer isso, quando fico sozinha e tento lembrar — mas aí tenho que admitir que lembrar é uma forma de contar. Só que lembrar é para dentro, e contar é para fora. Como for.

Como for, então digo que cheguei como uma novata ao grupo, e Fanta me tratou mal. Eu logo entendi que ela tinha certo prazer nisso. E logo entendi que o prazer dela era um caminho para o meu, de modo que fiz o que pude para ser a mais insolente possível, considerando meu status de recém-chegada. Meu prazer, devo dizer, não era sexual, romântico, afetivo — não no começo. Era o prazer de ver o que a minha presença poderia causar, o desequilíbrio que trazia às pessoas. Eu era muito quietinha na minha cidade, sem amigos, e quando cheguei em Porto Alegre e minha tia me levou à igreja que frequentava, senti que ali eu seria alguém. Não importa como é que eles veem as pessoas — importa, na verdade, eu sei, e não quero passar por alienada —, ou não importa para o que estamos falando, importa é que eles veem, e isso pode ser muito. Pode ser decisivo. Para mim foi.

Não imaginava que ia permanecer ali por muito tempo, apesar de tudo. Eu estava na capital para começar a faculdade, e meu plano era me dedicar por completo aos estudos. Eu não alimentava grandes ambições para minha vida, a não ser continuar quieta na minha, com a cara enfiada nos livros, sem precisar me aborrecer para além dos assuntos da universidade.

A convivência com a minha tia era meio distante, vivíamos na mesma casa, mas era como se mal víssemos uma à outra. Eu lavava o que sujava, cozinhava minha comida e passava a maior parte do tempo no quarto que ela me cedera. Era irmã do meu pai, e por isso eu entendia essa natureza mais quieta dela, meu pai era igual. Morreu de repente, como se não quisesse chamar a atenção nem nessa hora, e me vi sozinha. Ela não tinha filhos, a família mais próxima era o meu pai, e eu continuei morando lá. A igreja, no entanto, veio para cima de mim como se a perda da minha tia significasse o que à primeira vista podia significar: a perda de um familiar a quem amamos, que é sempre algo inquietante, embora não fosse o caso. Eu não amava minha tia, e tudo bem, não havia meios para isso, nós não tivemos tempo nem muita vontade, e tudo bem, como disse.

De uma hora para outra, todos tinham um convite a me fazer, e lá eu ia. Não sei por que ia, mas ia. Meus pais foram para Porto Alegre passar uns dias comigo no início, mas depois voltaram para a praia, e eu não sentia diferença nenhuma na casa. Aí fiz o que presumo que toda guriazinha daquela idade faz: me descuidei das obrigações, instaurei uma rotina fundamentada na desorganização e na tendência aos excessos. Comecei a beber, só para ver como era, e gostei. Experimentei fumar, mas disso não consegui gostar. Espero que não pensem que ao contar essas coisas estou dando testemunho da minha fé, porque seria de uma burrice atroz e porque uma coisa não tem nada a ver com a outra, por isso a burrice atroz. Como disse lá atrás, da minha fé não falo.

Fui irritando Fanta como podia, sem dar muita bandeira, porque outra coisa que me excitava era a sutileza dessa nossa inimizade — aos olhos dos outros não podia ser inimizade, não ali onde estávamos, não com a figura que Fanta era para todos. Ela tinha que me tratar bem. Ela própria não parecia muito bem. Mas eu era uma filha da puta, nunca escondi. E ela era a pupila dos olhos de todos, a líder do nosso Grupo de Jovens, que batizamos de Os Eleitos no Retiro.

Aqui eu peço licença para narrar uma experiência que não sei dizer o que é, e que chamo de *experiência* por não encontrar outro nome. Disse que não falaria da minha fé, mas tenho que dizer que para mim essa experiência foi religiosa, e sei, não me pergunte como, que ela foi possível porque eu a dividi com alguém. Com Fanta.

Foi um sonho acordado? Uma visão do futuro? Um cérebro inundado por neurotransmissores? Um coração que se esquece de bater por uns instantes? Dois corações? De todo modo, eu tive que escrever o que se passou — pois é, eu gostava de escrever; acho que nunca admiti para ninguém, escondi até dela, mas ela sabia, claro que ela sabia. E se permitem, prefiro ler, prefiro ler a contar com as minhas palavras e correr o risco de distorcer o que vou contar. Foi quando voltamos à praia do Reino, uma semana depois do Retiro, sozinhas, escondidas. Fizemos o filme nesse final de semana.

Ela vê Fanta voltar.

Pergunta o que Fanta foi fazer lá no Reino. Ainda está nua, deitada de qualquer jeito na cama do hotel. Cheiro de suor e roupa de cama suada e cabelo suado. Tinha que ser agora, ela quer saber. Não quer dizer isso mas diz. Fanta não responde e deita com ela na cama e fecha os olhos e do canto dos olhos duas pocinhas vão surgindo enquanto o queixo de Fanta se crispa muito devagar e depois se deixa vencer e é isso que faz as pocinhas transbordarem e rolarem para os lados até inundar as orelhas de Fanta.

Ela toca o rosto na trilha molhada e por um instante seu cérebro e o coração são uma coisa só.

Ela e Fanta são uma coisa só, como foram horas antes.

Dentro da cabeça dela as imagens que o coração pensa mostram as duas correndo por um trilha margeada por pinheiros enormes transpirando um ar frio agradável de colocar para dentro dos pulmões enquanto elas estão chegando ao final da trilha e da corrida, e ela pode ver que do outro lado do nevoeiro tem sol. Param quando chegam lá e ela nunca esteve ali mas reconhece o lugar. A cidade está dormindo, ou estão todos dormindo, ela e Fanta também. Não tem como saber, nem parece grande coisa.

Quanto deu?, ela disse.

Oito quilômetros, Fanta respondeu.

Exatos?

Sete vírgula oitenta e nove.

Vamos fechar dez?

Fanta não falou nada mas respondeu que sim com a cabeça e olhou para o relógio e reiniciou outra vez os números da corrida e virou as costas e começou a trotar devagar. Ela saiu atrás até emparelhar, soltando fumacinha pela boca. A descida atravessava a nuvem espessa e ela comentou com Fanta que estava sentindo todo o seu corpo nesse momento e que essa era a sensação boa da corrida.

Sabia que estavam indo para casa embora não soubesse onde moravam nem como era essa casa. Ir para casa com Fanta era o que bastava. O corpo delas estava muitos anos mais velho, como se elas tivessem passado pelas equipes que faziam essas transformações nas pessoas que atuavam nos filmes de Fanta. (Como ela podia saber que Fanta se tornaria diretora de cinema?) Mas não: aquele corpo era a casa dela, ela sentia, ela o conhecia bem, como quem mora a vida inteira num mesmo lugar. A vida inteira é isso aqui, *ela pensou.*

Então ela puxou o ar para sentir o corpo inteiro mais uma vez e nisso passou os dedos para tirar uma gota de suor que ameaçava pingar acima da pálpebra, e quando abre os olhos de novo está deitada na cama do hotel, tirando o dedo do rastro de lágrima no olho de Fanta.

Ela vê Fanta voltar a abrir os olhos e sorrir e pegar a mão dela e beijar os dedos que instantes atrás tocavam o seu rosto.

Era o que ela queria.

Tenta dizer alguma coisa e não consegue mas sua boca já iniciou o movimento e está meio aberta.

Fanta pega a mão dela e a segura diante do seu rosto, depois aproxima a boca dos dedos e os beija.

Ela fecha a boca e depois a abre de novo e diz:

Promete que—

Prometo.

Mas eu nem disse o quê.

É.

Então tá, pode filmar.

Um dia — fazia um calor insuportável, era quase fevereiro — ela foi visitar o tio no Reino. Confesso que a visita dela me surpreendeu. Não sei dizer por que motivo, mas ver Fanta no Reino depois de tanto tempo não estava entre as coisas que eu podia especular. Estou, como se pode ver, confessando também que às vezes pensava nela. Não era o tio dela ali que me lembrava Fanta, não era o Reino que me lembrava Fanta, não eram os momentos que passamos juntas ali. Certas cenas me lembravam de Fanta sem a presença dela, cenas que eu conseguia enquadrar, cenas que meus olhos registravam como se Fanta pudesse compor essas imagens através dos meus olhos, cenas que eu demorava para esquecer e deixar de lado, armazenando num cantinho da cabeça sem entender a razão que me levava a fazê-lo, ou, melhor, como se soubesse que havia uma razão, mas não pudesse encontrá-la.

Ela ficou o tempo todo ao ar livre, e imagino que tenha se aproveitado do calor para justificar o fato de não ter pisado em nenhuma das dependências do Reino, onde talvez fosse me encontrar. O que não quer dizer que não nos encontramos, porque o risco de evitar alguém é não conseguir esconder esse esforço e esse alguém ir atrás de você para saber o que é que está acontecendo. Eu tinha minhas suspeitas, claro, mas não gostei desse distanciamento de Fanta, tomei como ofensa pessoal. O problema é que tentei chegar até ela pelo caminho mais torto, e até hoje não sei se havia alguma intenção nisso, ainda que inconsciente. Pedi a uma colega que entregasse um bilhete para o Filho dela, na época um adolescente meio aparvalhado mas bonito, ou bonito porque aparvalhado, como se não se desse conta de que sua estranheza também exercia um magnetismo que, pude perceber, ele não gostaria de observar. Era o Filho dela, o Filho que ela tanto queria, o Filho que, suponho, ela não quis que tivesse duas mães. Portanto, fui um pouco insensível, ou fui insensível porque ela estava sendo comigo, não sei o que me deu, como disse. Escrevi no bilhete algo como:

Entrega para Fanta, tua mãe. Por favor.

Deixei um bom espaço vazio abaixo e depois escrevi:

Não precisa fingir que não sabe que eu vivo aqui. Te peço dez minutinhos. Atrás da piscina, na entrada para a trilha na mata. Estarei lá em vinte minutos.

Temi que ela não aparecesse, mas ela apareceu. Foi logo me dizendo que me daria três minutos, e que eu me apressasse, uma grosseria só.

Por que não quis me ver?, eu disse.

Não tem a ver contigo, Fanta disse. Não quis te ver porque não quis revisitar essa parte da minha vida.

Posso perguntar por quê?

Não sei se tenho como responder todos os teus porquês até que eles terminem. Mas vim aqui ver meu tio, só isso, e pensei que fosse melhor pra todo mundo deixar o passado fora disso.

Teu tio é passado também.

É.

Teu Filho é passado, mas sei que esse passado é teu futuro. Não quis me apresentar?

Ele já pôde conhecer as tuas tiradinhas ao receber o bilhete que era pra mim. Acho que é o bastante.

Ele vai perguntar quem eu sou e por que quis conversar sozinha contigo.

Provavelmente. Mas eu posso mentir. Faço isso bem, tu sabe. O que tu não sabe é que pra ele eu minto ainda melhor.

E ele vai perguntar por que eu te chamei de Fanta. Não vai?

Vai ser a primeira pergunta, Fanta disse. E então ela sorriu, como se esse sorriso nos levasse pelo tempo, evocando cenas que eu e ela, sem precisar narrá-las, sabíamos ser as mesmas e víamos passar uma nos olhos da outra. Fanta não deu o sorriso que dava antes; não foi isso. Ela sorriu em reconhecimento às nossas conversas de antes, e isso me fez bem, e acho que a ela também. Senti ternura por aquela mulher, por quem ela foi e por quem se tornou, capaz de lembrar de quem foi para mim e de quem fui para ela. O que me fez pensar que é alguma coisa por aí que a gente procura, quando diz que quer se apaixonar ou quando suspeita que vai se apaixonar.

Me perguntei se é possível se apaixonar mais de uma vez pela mesma pessoa, ou, melhor, pela versão assombrada dessa pessoa, ou se tudo não passaria de uma aventura que não termina, mas a partir de certo ponto só existe na imaginação, uma nostalgia por um amor interrompido e uma tentativa de dizer sim às pessoas que fomos, quando agora não existe mais ninguém interessado em nos fazer qualquer pergunta e estamos sozinhos, de lá para cá, correndo atrás de outras coisas. Nunca encontrei uma resposta, ou talvez eu não desejasse mesmo encontrá-la.

Fanta voltou a me procurar muitos anos depois. Em nenhum deles eu deixei de pensar nela, mesmo que só de vez em quando. Ela não quis me dizer como tinha chegado até mim. O Reino não existia mais, não como antes, não naquele mesmo lugar, no alto de um morro de uma prainha pouco frequentada. Eu tinha deixado meu posto de Obreira em algum momento antes da eleição de 2018. Meus motivos são meus, e não tenho vontade de dividi-los com mais ninguém, me desculpe.

Encontrei uma casinha para alugar em Garopaba, longe do perímetro urbano e perto de uma igreja que passei a frequentar. Eu não sabia bem que rumo dar a minha vida, me sentia meio perdida numa idade em que todo mundo parece estar tão seguro de onde está, do que faz e com quem vive. Eu estava sozinha, e não fazia a menor ideia do que fazer com o restante de tempo que me sobrava. Nos meus anos em Porto Alegre, antes de me mudar para servir no Reino, eu havia me formado em enfermagem. Parte dos meus gastos com os estudos e tudo mais foi custeada pela Igreja, como se estivessem investindo em mim e esperassem que eu os pagasse depois. Estamos sempre devendo a alguém, que coisa impressionante.

Quando me mudei para Garopaba, consegui um trabalho no posto de saúde da cidade. E foi lá que Fanta me encontrou. Estava com uma cara— eu pensei que estava ali porque precisava mesmo de atendimento, que estava doente, e não que tivesse ido atrás de mim. Mas ela logo me chamou pelo nome e disse que não tinha muito tempo — ela parecia sempre em débito com o tempo. Me fez pedir uns minutos de intervalo e me levou para a praia. Durante o caminho o jeito dela me fez pensar que temia estar sendo seguida. Murmurou umas palavras para o vento, e aquilo foi como um assombro para mim, achei melhor fingir que não tinha percebido.

Descemos até a areia e ela disse que queria sentir o mar, então eu dobrei as minhas calças até os joelhos e entramos um pouquinho, deixando a água bater na metade das canelas. Eu sentia as ondas como que salgando minha garganta e gelando minha boca. Era como assistir outra vez ao filme da minha vida, depois de tê-lo esquecido. Como se isso fosse possível.

Ela disse que não sabia como pedir o que iria me pedir mas que precisava pedir e que eu por favor fizesse isso por ela. Eu não sabia o que dizer. Estava tão mexida com a aparição repentina dela. Fanta começou a falar sobre uma coisa importante que aconteceria com ela dali a alguns dias, eu a veria na TV, nos jornais, ela havia sido convidada para assumir um cargo grande no governo e aceitaria, o que ninguém entenderia, muito menos eu, mas ela imaginava que essas coisas não me interessavam a ponto de fazer qualquer sentido para mim ou não, e eu ia dizer que me interessavam, sim, mas ela nem me deixou falar. Tinha uma coisa que ela não poderia fazer e que precisaria muito que acontecesse, e eu era a única pessoa que poderia fazer, e infelizmente a única além dela a sair prejudicada dessa história toda, uma história que podia parecer grande mas era só uma historinha pequena de uma mãe que quer proteger o Filho contra a ruindade do mundo.

Perguntou se eu me lembrava do nosso filme, o filme que ela fez de nós duas depois do Retiro e que chamávamos de Filme Secreto e que só nós duas tínhamos guardado. Como ela sabia que eu não tinha apagado esse filme, como tentei por algum tempo apagar da minha cabeça? Como ela sabia que eu tinha guardado esse filme durante todos esses anos? Eu não fazia ideia e, não vou mentir, senti vontade de agarrar ela pelos ombros e sacudi-la, perguntando se tinha enlouquecido ou o quê. Mas sou assim, e só balancei a cabeça para dizer que lembrava e me vi querendo chorar e depois chorando, uma única lágrima despencando e caindo no mar.

Eu às vezes assisto, ela disse. Mas a vida pra gente falar dessas coisas teria que ser outra, e não esta. Nesta ela me pedia para, assim que assumisse o cargo e aparecesse na TV ou no jornal ou em algum vídeo no celular, eu postasse o filme na internet e também o enviasse para alguns e-mails, que era só isso, embora esse *só* tenha me parecido injusto, e que fizesse isso por ela. Era nossa despedida, e quando ela estivesse bem velhinha e eu pensasse nela, caso eu fosse querer pensar nela, eu poderia contar para quem quisesse, se isso fosse me fazer bem.

Eu disse que ia querer pensar nela.

Tomei um susto quando o telejornal apresentou a imagem daquele rapaz. Ele tinha uma expressão de nada no rosto, é difícil descrever, era como uma expressão totalmente desprovida de encanto ou de vida ou das duas coisas. Minha primeira reação, para ser honesta, foi pensar que ninguém sabia como o Filho de Fanta havia sido concebido e que, portanto, era natural que também não se pudesse afirmar com certeza os motivos de seu desaparecimento.

Ninguém se daria conta do desaparecimento dele; eu me surpreendi dizendo isso em voz alta, o que é meio triste, ninguém se dar conta, e eu falando sozinha.

Mas a voz em off mencionou a idade dele, que eu não lembro ou fiz questão de não reter, e dizia que o Corpo de Bombeiros o havia encontrado perdido na mata, por puro acaso, em um dia de simulação de resgates. Um dos rapazes entrevistados chegou a confessar que num primeiro momento ele e outro colega acharam que o Filho de Fanta estava ali como parte do treinamento. Estava em surto psicótico, afirmou a delegada responsável pelo caso. Exames toxicológicos seriam realizados, mas ele já estava recebendo os cuidados psiquiátricos necessários.

Se algum familiar ou amigo que esteja assistindo o reconhecer, peço que nos procurem, por gentileza, pois ele não carregava documentos de identificação nem celular, a delegada pediu. No fim da matéria acho que ouvi ela dizendo que ele estava desidratado, mas não havia marcas de violência em seu corpo, a não ser num dos olhos, ou foi isso que entendi.

Catei o nome dele numa rede social e na foto de perfil ele aparecia não com a idade que tinha, mas adolescente, o cabelo um pouco comprido, vestindo uma camisa do Grêmio, e dessa vez fiquei minutos que talvez tenham sido segundos ou horas encarando seu rosto, como se a imagem dele mais novo, quando eu o conheci no Reino em 2006, me atraísse por algum motivo intencional que eu não sabia qual era mas percebia avançar dentro de mim. Então pude ver que seu olhar transmitia a esperança difusa de ser amado e a suspeita de que para ele não ia dar, e era um olhar feliz que me deixou desolada.

Fiz meus malabarismos e descobri que o pai de Fanta ainda estava vivo, morando numa casa de repouso na zona rural de Porto Alegre. Fui até lá e encontrei um velho que não me reconheceu ou que não quis me reconhecer, que passou nossa conversa inteira dando respostas lacônicas e citando algum versículo bíblico para direcionar o assunto para outro lado. No final, arranquei dele a informação sobre a propriedade na Serra e também a confissão e a culpa de não ter notícias de Fanta há muitos anos, não sem que ele consolasse a si próprio dizendo que um dia estariam todos juntos na Eternidade.

Não mencionei o desaparecimento do neto dele, que a essa altura devia estar internado numa clínica psiquiátrica, mas tive vontade, e também tive vontade de que, sim, eles se encontrassem um dia, todos, não na Eternidade, mas num planeta desabitado, como o neto dele gostava de imaginar, em que as pessoas consigam se livrar de todo remorso e depois possam se amar com o coração vazio, ainda que só por uns instantes, antes de continuar. Eu, de minha parte, acho que prefiro não encontrar ninguém.

Consegui contato com o casal de vizinhos dela, que me colocaram a par da situação e me contaram, depois de ligar uma segunda vez para ouvir de novo deles se Fanta estava bem dentro do possível, como ela tinha recebido a notícia e dois dias depois a esquecido, achando que o Filho voltara para a cidade decepcionado outra vez com ela, mas ela não sabia, não dessa vez, por que ela o havia decepcionado.

Pensei em visitar Fanta. Pensei em tomar conta dela. Pensei em desligar o telefone e fingir que eu estava imaginando coisas. Pensei no nosso último encontro. Pensei se eu tinha mesmo conversado com Fanta aquele dia, como duas garças mirando o fundo do mar raso, esperando o momento certo para erguer a cabeça e trazer um peixe na boca, ou apenas contemplando seu reflexo na água e se dando conta de que ele também desaparecia, talvez as duas coisas.

De quem é a última palavra, quando você está diante da pessoa a quem amou e que por covardia desistiu desse amor e que aparece sem a menor covardia para te pedir que exponha a coisa que você guardou no lugar mais íntimo da sua introspecção por ser a lembrança de uma história que você não viveu mas que seguiu evocando por tantos anos? Me dei o direito de ser a covarde agora; eu que não queria ver Fanta pronunciar palavras in-

ESTA OBRA FOI COMPOSTA POR GABRIELA DAHER SOUZA EM ELECTRA E IMPRESSA EM OFSETE PELA GRÁFICA BARTIRA SOBRE PAPEL PÓLEN NATURAL DA SUZANO S.A. PARA A EDITORA SCHWARCZ EM AGOSTO DE 2025

FSC
www.fsc.org
MISTO
Papel | Apoiando o manejo florestal responsável
FSC® C105484

A marca FSC® é a garantia de que a madeira utilizada na fabricação do papel deste livro provém de florestas que foram gerenciadas de maneira ambientalmente correta, socialmente justa e economicamente viável, além de outras fontes de origem controlada.

compreensíveis ou conversar com uma poeta morta, ou talvez nem me reconhecer, ou ainda saber exatamente quem eu era e não conseguir empreender uma visita juntas ao passado, ao nosso passado, uma forma tardia de reciprocidade. Quer coisa mais triste que dizer que é tarde demais para um sentimento que por mais que você tente soterrá-lo com outros ainda insiste em guardar suas esperanças intocáveis?

Então a última palavra foi e é minha.

Sim, eu vou querer pensar em ti, Fanta. Mas nada mais do que isso.